此岸的辨识

杨小波 著

当代中国出版社
Contemporary China Publishing House

图书在版编目（CIP）数据

此岸的辨识 / 杨小波著 . -- 北京 : 当代中国出版社 , 2023.9
ISBN 978-7-5154-1278-8

Ⅰ. ①此… Ⅱ. ①杨… Ⅲ. ①散文集－中国－当代 Ⅳ. ① I267

中国国家版本馆 CIP 数据核字（2023）第 147620 号

出 版 人 王 茵
责任编辑 战盈彤
责任校对 康 莹
印刷监制 刘艳平
封面设计 鲁 娟
出版发行 当代中国出版社
地 址 北京市地安门西大街旌勇里 8 号
网 址 http://www.ddzg.net
邮政编码 100009
编 辑 部 （010）66572154
市 场 部 （010）66572281 66572157
印 刷 北京中科印刷有限公司
开 本 850 毫米 ×1168 毫米 1/32
印 张 5.625 印张 2 插页 86 千字
版 次 2023 年 9 月第 1 版
印 次 2023 年 9 月第 1 次印刷
定 价 68.00 元

微言大义，小波聚海*

《人民政协报》在头版开设了一个“大家谈”专栏，这两年小波先生主要担纲。首篇之作就是一篇短文，果然是大家风范。其后，在该专栏中陆续发表的文章，有叙事，有论理，有抒情，短则二三百字，长不过四五百言，篇篇短小精悍，有的让人眼前一亮，拍案击节；有的让人沉吟良久，深思共鸣。

老舍先生写过一篇《越短越难》的文章，坦陈“长的文章好写，短的文章不好写”。为什么说越短越难写？因为长文可以信马由缰，短文不能东拉西扯。长文中的精彩之处可以“掩盖”其他部分的缺陷，而短文要在有限的篇幅把事情讲清、讲精，就像俗话说的“螺蛳壳里做道场”，实属不易。

的确，文章的好坏，不以长短而论。曹丕的《典论·论文》七百多字，却是我国文学批评史奠基之作；

---

* 此文已于 2023 年 3 月 2 日发表于《人民政协报》，收入此书时略有修改。

谢赫的《古画品录》也只有一千余字，却是中国画论的开端，远胜于现在许多数十万言的著作。

在信息时代，短的文章已经越来越多。但是，像小波这样短而精致、精辟、精彩的文章却并不多见。

小波短文之精，在于求新。正如他在一篇《“日新”“事新”说》中所谈到的，如果用一个字描摹当今时代的特征，非“新”何属？舍“新”其谁？“新”，可在“日日”；“新”，可在“事事”。然而“新”，最终都是人创造出来的。

小波短文之精，在于求实。正如一篇写在政协工作的年轻人成长的《状态很重要》，抓住一张小小便签，刻画出一位年轻同志十多年不懈怠、不松劲、不懒散的学习和进步。文章不故弄玄虚，以细节说话，却以朴实的力量直抵人心。

微言寥寥，却显大义；小波徐徐，汇聚成海。短文以专注、精炼等特色正在赢得时代的青睐，结集《此岸的辨识》积跬步以至千里，以短文日积月累、聚沙成塔。我想，文如其人，这应该也是小波先生作文、做事、为人的秘诀。

朱永新

2022 年 8 月 29 日

写于北京滴石斋

《此岸的辨识》动人怀*

歌德说过，阅读一部好书，就是与众多高贵的灵魂对话。阅读《此岸的辨识》于我，正是同样的感受。

五尺青龙偃月大刀，自然有它的快意沉雄，“所指无不洞血”的短剑，却也令人肃然惊煞。

杨小波先生所著《此岸的辨识》体量不大，篇幅短小，字句简约，却尽说此岸人事，力辨乾坤道法，劲析心理曲直，探究知行奥秘，立意高远，说理通透，文风清新，俯首捡拾天女散花般的洞见，满满正能量如水银泻地，清清兰花香若空谷传幽，给我以深刻的印象、强烈的冲击，并引发我深深的感动、感铭、感怀，让我顿生少时初读《阅微草堂笔记》的情趣、青壮之际学习《燕山夜话》的愉悦，并生发出披历《启示录》等经典后才有过的联翩感悟。

---

* 此文已于 2023 年 3 月 2 日发表于《人民政协报》，收入此书时略有修改。

《此岸的辨识》令人信服地呈现出形而上思考和形而下实践的辩证结合，既站高思深，又学以致用，现实性切近，现场感饱满，无论是居庙堂之高抑或处江湖之远者，都能产生明道晓理、养性足智、拓胸宽怀的共鸣。

这就是我阅读《此岸的辨识》后与读者朋友分享的一点儿心得。我想，有幸阅读此作的读者，当会与我怀有同感。

白庚胜

2022 年 9 月 28 日

目 录 CONTENTS

第一辑 升值与升职

第二辑 动之以新成

第三辑

再创与再造

第一辑　升值与升职

升值与升职

升值与升职，是每个人都常会碰到的问题。

“先升值，再升职。”这是生活工作的道。

提高了德能，增长了本领，干出了成绩，就为担当更重要的工作打下了基础，创造了条件，升职就是顺理成章的因果。反之，自己没有“升值”却获得“升职”，古人的说法是“才不配位，必遭其累。德不配位，必有灾殃”，并非吉事。

“升值”是自己的事，“升职”是组织的事。千万不能颠倒。

自己专心致志于“升值”的事，让组织考虑“升职”的事。如果自己不琢磨自己的事，却去琢磨组织的事，这就叫“反其道而行”，亦非吉事。

“升值”实践在自己，“升值”评估在他人。就是说，自己是否提高了德能、增长了本领、干出了成绩，自己怎么觉得也重要，大家怎么看更重要。两者一致便好，若是不一致，要心平气和地以大家怎么看为重，反求诸己，细察内外，继续努力就是。如果此事不明，纠结不停，更非吉事。

王阳明说“人在事上练”，就得要练这些，以“致良知”。功夫到了，必然“此心光明，亦复何言？”也必然此生光明，亦复何求？

2020 年 4 月 25 日

学不分老幼

若问当下最鲜明的时代要求是什么？

我的回答：学习。

这是一个知识激增的时代，这是一个全员学习的世界。就学习的主体而言：不分老幼，各有所需，都有要完成的学习任务。

想对年长者说，老话说："只要活到老，就要学到老"，在过去是值得称道的积极状态，但现在一句新话是："只有学到老，才能活到老。"

心主藏神，人老心不能老。别的不讲，若八十岁老人不会熟用智能手机，疫情数月天各一方，怎么同儿孙嘘寒问暖、每日相见？

想对年轻人讲，无论你学历多高、抱负多大，莫有恃无恐，莫荒废停滞。在未来漫长的旅途上，你或许顺得机遇，也或许厄遭挫折，应对工作和生活，靠原先已有的那点儿知识，从来不够用；凭别的什么？更要思虑清楚。时光飞逝，不进则退，甚至可能未老先衰。

思来想去，要真正自己掌控未来，终须扪心自问：“不会学习，你靠啥？你会学习，你怕啥？”

当然，“读书是学习，使用也是学习，而且是更重要的学习”；而“学而时习之，不亦说乎！”

显然，无论老幼，学习“发愤忘食，乐以忘忧，不知老之将至云尔”，都将是令人钦羡的境界，都将是最能托底的人生。

2020年4月30日

“学历”与“学力”

这个标题，这两代人会有些触动。

学历，学习的经历呗；学力，学习的能力啊！

然而，并非那么简单。

被认可的学历，是有定义的：“在教育机构接受的教育和训练。”而且“文凭、文凭”，学历得要有文字证书为凭。

学力？更难衡量啊。哪怕认定某个“同等学力”，最终还是得费劲与某个“学历”挂钩才算有个着落。

“名正言顺”，有其道理，关键要“名实相符”。

我们，曾几何时，攘攘熙熙，皆往“学历”；曾几多人，一证到手，便把书丢。

冲证去，冲学去？

为求名，为求实?

古往今来，曾有过那么多的学名、证名、衔名、官名，我们有些太看重那些“名”、而小瞧那些“实”了吧?

回到原题，就“学历”和“学力”而言，实际上前者更多在显性、表面、静态、有限、过程、现象，而后者更多在隐性、内在、动态、无限、结果、实质。

进而，如果“学力”还意味着学习的动力、毅力和能力等意义，那么，我们很该为全体社会成员提升“学力”，创造更好更多的条件吧!

终身学习的时代已经到来，早已没有了任何可以一劳永逸、坐吃山空的学历。

已亲眼目睹过只读了小学，却终身勤读好学不辍，终获极大成功的范例。人家未得“学历之誉”，却也未受“学历之绊”“学历之累”“学历之限”，如此成功启示，岂可轻易放过?

毕竟，“名者，实之宾也”。毕竟，社会硬核的要求，不在你能“出示多少证来”，而在你能“亮出多少本领”“干成多少事来”。

2020 年 5 月 8 日

《老子》的文眼

近几日，在政协委员“国学读书群”跟学陈霞委员讲读《老子》，“道”“无”“有”三个概念不时在脑际中闪现。三者什么关系？当然，“道”为根本，它包含“无”和“有”，但怎么包含？如何统一？还得从《老子》一书中找线索。

老子说“有生于无”，也说“有无相生”，还说“同出而异名”，若陷入“无”“有”之中，是是非非不能自拔，就仍在井底观天。最要紧的，还是须识得“道”。

重读《老子》，觉得第四十章是全篇“文眼”。该章前两句便将“两论”悉收其中，对理解全篇起着承上启下、承前启后、承道启德的作用。

首先是“认识论”，即“反者道之动”。

既然那个“常道”“不可道”，便意会就是。但“常道”的运动规律需要把握。什么规律？人家说了，“反者道之动”：一切事物都在向它的反面运动转化。这是我读《老子》感觉最深刻、最受到震撼的地方。既然如此，“有无相生”“有生于无”便顺理成章，“道生一，一生二，二生三，三生万物”也自然而然。虽然文中没说过“无生于有”，但按照“反者道之动”的认识，其不言而喻也应在大道之中。否则，就中断了大道周而复始的运行，反落入单向机械的窠臼了。

其次是“方法论”，即“弱者道之用”。

人如何学习运用大道运行规律？方法上就是做出“弱”的选用，因为“柔弱胜坚强”。于是“上善若水”“处众人之所恶”等等，成为“德者得之”的主要启示，也由是结束《老子》上半部“道经”部分，展开下半部“德经”部分。

一章居中，牵出“两论”“两经”，如此了得，还不是做活全篇的文眼吗？

2020 年 5 月 16 日

“野蛮其体魄”

非常遗憾，《体育之研究》晚读了起码四十年。

一百年前，二十三岁的毛泽东探究体育之道的六千余字长篇力作，其深刻洞见至今震撼人心。提炼笔记如下。

为何体育？

文章明言：“体者，载知识之本而寓道德之舍也”，而“国力茶弱，武风不振，民族之体质，日趋轻细，此甚可忧之现象也”。

何为体育？

作者定义：“体育者，人类自养其生之道，使身体平均发达，而有规则次序之可言者也。”

主旨：“以人为本”，“夫体育之主旨，武勇也”。

功能：体育具有“强筋骨、增知识、调感情、强意志”“强骨强心”“身心并完”的作用，“养生”“卫国”。

定位：“体育之道，配德育与智育，而德智皆寄于体。无体是无德智也”。体育“实占第一之位置。体强壮而后学问道德进修勇而收效远”。

如何体育？

一要自觉。“欲图体育之有效，非动其主观、促其对于体育的自觉不可”。

二要有恒。“日以为常，使此运动之观念，相连而不绝”；“今日之运动”承昨起明。

三要兴趣。因为“兴味者，运动之始；快乐者，运动之终。兴味生于进行，快乐生于结果”。

成为党和国家领导人后，毛泽东仍始终坚持理念不变：

——他为延安保育院小学题词“又学习，又玩耍”；

——他祝贺全国青年们“身体好，学习好，工作好”；

——他为中华体育总会题词“发展体育运动，增强人民体质”。

2014年《国民体质监测公报》：“大学生身体

素质继续呈现下降趋势”，“各年龄段学生肥胖检出率持续上升”。

百年前后，从“轻细”至“肥胖”，但在“苶弱”上仍有相同之处。

当今世界正经历百年未有之大变局，我国正处于实现中华民族伟大复兴的关键时期。中华民族如何屹立于世界民族之林，贯穿于《体育之研究》的哲学思想、教育思想、体育思想极具现实意义。

健康的体魄、坚强的意志、乐观的态度，既是拯救中华民族所需要的，更是振兴中华民族所需要的。

青少年增进体质，促进健康，关乎国家和民族的未来，应成为新时代学校工作的“要事”、城市发展的“指标”、社会文明的“标志”。

“野蛮其体魄”，亟待得其本而提倡践行之。

2020 年 6 月 13 日

字儿与事儿

大学毕业刚进政协机关那会儿，有位睿智的前辈领导曾告诫俺们这拨儿“生瓜蛋子”：“写文章，最重要的，不是鼓秋那些字儿，而是搞懂那些事儿。”

当时没太在意，后来恍然大悟。

写文章，无非写人或是写事。机关公文，当然以写事、写公事为多。

为了把事写清楚，得有起因、经过、发展、结果，写法上可正叙、倒叙、插叙等等。当然，也不会就事写事，起码就事论事，更要就事说理，通过一件事情，说明一个道理，表达一个观点，等等。

如同“知难行易”，多年的体会是：搞懂要写的那些事儿，比润色要码的那些字儿，重要得多。

《寻乌调查》之著名，并不在文字的工整和文笔的绚丽，而在于三十七岁的毛泽东，把整个寻乌县的交通运输、商业状况、土地关系和土地革命情况掰开了、揉碎了，条分缕析到几乎无所不知的程度，读后深叹：有如此“世事洞明”的学问，闹革命、搞建设何事不成?

文章不能无事，无事则会生非；察事不能含混，事昏昏定无法文昭昭。

把事彻底搞懂了，码些文字表述出来，那是容易的。

大事国事天下事，如若关心，就先搞懂，为文在次。

2020 年 6 月 19 日

学琴儿三益

儿子从小学二年级开始学钢琴，到六年级考取音协八级证书。盘点一下他学琴五年的收益，感觉主要有三。

一是开启音乐之门。从触碰琴键那一刻起，耳边的音乐、眼前的乐谱便终日相伴，各种乐曲、乐器也不再陌生，音乐逐渐成为另一种熟悉的语言。尽管儿子以后选择了学习科学，但音乐之门已向他敞开，音乐成为他感悟生活美好的重要载体。

二是受到数理训练。有人说音乐是可以量化的，是数学的奇迹，从古希腊时代起，音乐就被视为一种数学艺术。孩子从感受和记忆音阶高低长短的数量关系起，便有意无意地做着数理思维训练，对数学也增进了感情。

三是经历挫折教育。五年中，每天都在练习中不断犯错纠错，每周又不断接受新的任务。儿子描述：每周学练新曲前，心里有个大黑洞。练习一周通过时，心中是个红太阳。不停顿练习整整五年，才能实现一个有限的目标，亲身体验到只有长期努力才能取得些许成功，这对少儿的确是个实打实的挫折教育。这或许是学琴儿童最大的收获。

当然，学琴，得以孩子自愿为前提。

《论语》有云："志于道，据于德，依于仁，游于艺。"孔子身通六艺，虽称之曰鄙事，却又必教于人，此所谓"小德川流，大德敦化"。从容之境涵泳性情，则艺亦载道而不鄙矣。

2020 年 11 月 28 日

本份三况味

有位前辈说过一句话："历史的人做历史的事。"

理儿一听便明，只是搭上"历史"俩字，觉得事儿也跟着大了。其实，就着个人小事儿去理解，也是通的：人在不同时期，都应尽好自个儿的"本份"。

大半辈子体验下来，觉得这"本份"得落在仨"好"上。

一是"学好"。得先当个好学生。学生，非仅指小学、中学、大学的学生。来到世间，人便开始学爬行、学走路、学读书、学做事、学做人……一路缺什么学什么补什么，终生没有止境。学习，就是生命存在的方式。凡事"先当学生，再当先生"。于是恍然大悟，《论语》第一句，道出的正是人生成功幸福的秘诀："学而时习之，不亦说乎！""发愤忘食，乐以忘忧，不知老之将至"，不正是人生的最佳状态吗？所以，"我还在学习着"就对了！

二是"干好"。人世间有各种生计可干，干则干好。进机关就成了干部，后来又叫"领导干部"。领导，在机关是很顺口的称呼，不是啥"大词儿"。踏入社会，人人就都始终处于"领导""被领导"关系之中：永远被领导着，或许愈来愈多领导着。作为"领导干部"，应领什么导什么，真得心里有谱，否则就有名无实。无论属下多少，起码你都得能建起目标愿景，做到以身示范，团结激励团队。

三是"老好"。当个好老头，就是退休后的愿望。好老头，首先得老伴满意。人家长年累月干好自己的工作，还为你生养孩子、照顾家庭、助力事业，可谓恩重如山，补偿是必须的。要付诸行动：比如周末悄悄早起，拖净地板，泡壶热茶静候，再偷偷学做个菜露一手啥的。其次得晚辈认可。多倾听理解他们，沟通要平等耐心，关爱也别居高临下、指手画脚。再次得公众欢迎。要热心公益，做好自家垃圾分类，参与社区文明共建，邻里互助，尽己之所能，帮忙不添烦，做宜家睦邻、促和添顺的人。

人生不同阶段，扮演不同角色，须素其位而行。当激情激情，当平和平和，当安静安静。找准“本份”，做好自己，便拥有况味圆满的人生。

2020 年 12 月 9 日

背记便不同

开展“每周一测”，已经一百四十八期了。

庆幸三年前的决定，欣慰随后的坚持。

因为需要。

首先，自己需要。

自转任一个新的重要工作岗位起。

新，就不懂，就不熟，就不会，就不擅，就本领恐慌，就压力山大。而又不能做差工作，不能辜负重托。

怎么办？

“自古华山一条路”：学。

上天虽难亦登临，狭路相逢勇者胜，相逢何必曾相识？

况老人家早教诲在先："从战争中学习战争，这是我们的主要方法。"

是啊——

"合抱之木，生于毫末；九层之台，起于垒土；千里之行，始于足下。"

不靠学习你靠啥？

你会学习你怕啥！

怎么学？

"干什么，学什么。缺什么，补什么"呗。

学，勿自欺。就要划出底线、夯实基础，就得从应知应会ABC学起。于是，所在工作团队就有了背记紧要知识的"每周一测"。

转眼，一百四十八周过去了。

耕久，获巨。

再回首，已不同。

日积月累，春风化雨。

量变质变，惊天泣鬼。

变化，有异。但在人人身上，都实实发生了。

忽然发现，记忆模糊时，思考也是混沌的，真能清晰思考的，只是那些准确记住的概念。三年过来，记住的多了，思考得也深广了。

忽然发现，无论讲话写字办事，原先的艰涩困难，变得流畅容易；原先的陌生惶恐，变得熟悉自信。功力增长了，工作的“水平”悄然提升了。

忽然发现，“人过三十不学艺”，原是多么荒诞无稽的谎言，这自找借口的懒惰不知耽搁了多少美丽的人生。

靠谱的，还是“活到老，学到老”。而且最好，每天都背记点儿什么，不仅有益于立德、增智、致用，还健脑哩，岂非美事？

2021 年 1 月 6 日

“惊惧”的诗情

没想到更好的词儿。

“惊惧”，这儿不过是“惊喜”“惊奇”“惊叹”……仍不足以的表达。

不久前，偶然翻看一段诗句，就循迹买到这本诗集《摇摇晃晃的人间》。打开便不忍错过段行，还每每回味沉潜。之前怎就没留意到如此诗作？门外汉的疏漏必然如此？

何以为诗？按“凡一切抒情和人类思想主观对客观事物的描绘以及价值观，都属于诗的范畴”的说法，则诗者多多。但若要表达得“情真、意切、灵动”，成为“人类观照世界的一种方式，人的灵魂的栖息方式”，则佳作难觅。而《摇摇晃晃的人间》却总能扣人心弦。比如：

——“生命之扣也被我反复打过死结，然后用了整个过程，慢慢地，慢慢松开”；

——“从前，我是短暂的，万物永恒。从前，他是短暂的，爱情永恒”；“现在，我比短暂长一点，爱情短了，我记得的是消逝的部分”；

——南风吹过“你看见秧苗矮下去，白杨矮下去，茅草矮下去，炊烟也矮了，屋脊没有矮，有飘摇之感”；“一个村子没有那么容易倾塌，一个村民没有那么容易交出泪水”；

——杏花“孤单。热闹。一朵试图落进另一朵蕊里，用去了短暂的春天”；“不关心一条鱼会把一个岛屿拖到哪里”；“出了村子，太阳就从不同的方位升起来”；

——“黄昏的时候，我喜欢一个人去河床上，看风里：一一龟裂的事物，或者，一一还原的事物”。

……

至于其他呢，诗人自序：“诗歌一直在清洁我，悲悯我”，“诗歌把我生命所有的情绪都联系起来了”，“坚持、感恩、期待”，“诗歌能来到我的生命，呈现我，也隐匿我”。

还说什么呢？特别是想到诗人曾是位脑瘫的农村妇女，是“用最大的力气保持身体平衡，并用最大力气让左手压住右腕，才能把一个字扭扭曲曲地写出来”。最想的表达，便是深切的理解和敬意。

2021 年 1 月 23 日

熵增的奥妙

还记得，厦门大学物理化学的一堂实验课：一个长方形玻璃水缸，中间用隔板隔开，一边游动着红色的小鱼，另一边是白色的小鱼。抽去隔板后，红白小鱼互相自由穿梭。然后，老师便亮出一个“正态分布”图：统计表明，红白小鱼充分混合的状态，出现概率最大。

接下去的讲解，介绍了一个生字：“熵”，即“热温商”。学习了一个定律——“熵增”。其表达式为：

$$S=\int dQ/T \text{ 或 } ds=dQ/T$$

其中，S 表示熵，Q 表示热量，T 表示温度。物理含义是：一个系统的熵，等于该系统在一定过程中所吸收（或耗散）的热量除以它的绝对温度。只要有热量从系统内的高温物体流向低温物体，系统的熵就会增加。临下课，老师又丢下句大白话："熵增，即混乱度增加。"事物的混乱程度越高，则其概率越大。

进一步研究表明，孤立系统总是趋向于熵增，最终达到熵的最大值，也就是最混乱状态。开放的系统，则可向环境释放热量转移熵增，趋向熵减而达到有序状态。

克劳修斯，这位德国物理学家的思想能力让人愕然。

随后，埃尔温·薛定谔（Erwin Schrödinger）在《生命是什么》一书中说："生命以负熵为生，人活着的意义，就是不断对抗熵增的过程。"

系统，可以理解是一个人，一个家庭，一个单位，一个地方，一个国家，一个地球……都可在此范式下研究，其存在均须对抗熵增。

碰巧，学友分享一篇《纽约时报》（The New York Times）网站上保罗·萨洛佩克（Paul Salopek）的文章：《丝绸之路上的阴影》，其中说：

——"由于受到王朝斗争的削弱，在巴格达统治中亚的阿拔斯哈里发国家开始在逊尼派与什叶派穆斯林的宗教敌对压力下瓦解”；

——“打着邦联旗帜涌入国会大厦的美国人”“他们生活在部落媒体提供资讯的信息现实中，就像教派一样封闭，认知分歧注定了共识的消亡”；

——“而大地向东朝着亚洲世纪倾斜，其中许多建设都与中国21世纪版本的丝绸之路有关”“蓝色的远方是中国”；

——“而在遥远地平线以外的某个十字路口的卡车停靠站，我那迷失的祖国正在自己跟自己较劲”。

看来，都是系统惹的祸。

门开门闭系统事，熵增熵减关兴衰。

建设好、维护好、发展好自己的系统，乃治本之道。

2021年2月18日

学史的要求

党史学习教育，有两个四句话要求。

第一个是“学史明理、学史增信、学史崇德、学史力行”，指向很明确，就是要在明什么理、增什么信、如何崇德、怎样力行上下功夫。前三句是“想法”，最后一句是“做法”。“想法”最终要变为“做法”，“做法”是“想法”的落实，“行”是对“学”的检验。

第二个是“学党史、悟思想、办实事、开新局”。这是从“学”到“做”、从认识到实践，不断深化、持续推进的完整过程。知是行之始，行是知之成。立知立行立改，“知”与“行”应该同时发生。

两个四句话的要求，目标都落在“行”和“做”

上，都要求带来“改变”。当然，对我们来说，就要带来政协履职水平新的提高，带来人民政协事业新的发展。

2021 年 4 月 24 日

边打才边像

在部署“专家协商会”“民主监督”及其他新工作时，政协领导常常嘱咐一句鼓励的话：“草鞋没样，边打边像。”

实际工作中，体会渐多。

首先，得“打”起来。

“坐着谈，何如起来行。”

比如，举办“专家协商会”，协商什么？得把明确的主题立起来；谁来协商？得把合适的委员专家邀请来；协商目标？得把达到的要求定下来；如何协商？得把有效的方法用起来。

其次，得朝“像”打去。

打得像不像，得时时注意评估。打一双草鞋检验一双，协商一次总结一次。在总结中提高，在实践中前进，“在战争中学习战争”，力求越打越像。

第三，得有标准。

打了，到底像不像，需要检验。检验的标准，这就要看实践中行得通不通、效果好不好、预期的目标达没达到。

回头一看，“边打边像”与“实事求是”，原是异曲同工。

“打”，不就是做“实事”嘛；“像”，不就是“求是”嘛！而实践，不就是检验真理的标准嘛！

原来，思想路线，在这里是一脉相承的。

2021 年 5 月 13 日

笑着的天气

真是孤陋寡闻。

得知5月8日是“世界微笑日”，还是缘于朋友当天微信发来的一组小林漫画《你笑起来，就像好天气》。

点开一看，嗬！可谓大观。

一是多。漫画不是一幅，而是累累三十九幅；笑容更不只一种，而是多多三十九种：有微笑有大笑，有浅笑有深笑，有甜笑有苦笑，有自笑有他笑……

二是妙。虽然围绕一个“笑”字展开，漫画却揭示出笑态的各种心迹：豁达的淡然一笑，愉悦的欣然一笑，孤独的难得一笑，期待的关键一笑，职业的习惯一笑……当然，讨好祈求，虚情假意、自嘲自讽的笑也绘在其中。

三是深。精彩的描摹、熟练的画技固然必需，深刻的洞悉更加重要。诚如作者感悟：笑点低傻笑着，未必是快乐的人；看去严肃乏味，却内心极度浪涌。而希望看到的微笑，是发自内心的放松与幸福，那就是一整天的好天气。

学临床的却立志做摄影界书法最美的“段子手”、漫画界文笔最好的美食家，作品《微笑是最好的化妆品》《平和的你，才最美丽》《生得再平凡，也是限量版》《凡是过去，皆为序幕》中，世事的洞明，人情的练达，表现的真切，期望的美好，才是读者 7580 个点赞的会意所在。

彻底的理论才能征服人。看来，彻底的漫画也才能打动人。

客观世界是普遍联系的。看来，主观世界也是可以打通的。

2021 年 5 月 14 日

“认真”竞争力

“每周一谈”，中午轮到与新进机关的“95后”谈心。后浪来袭，不同凡响。甫一落座，便反客为主，率先发问：“机关工作人员的核心竞争力是什么？”

于是，举例讲了几位成功机关工作人员各自的“核心竞争力”。讲过，仍若有所失。恍觉，落下了什么最重要的东西。

那句话：“世界上怕就怕认真二字，共产党就最讲认真。”儿时听到，并无所悟。日后念兹在兹，亦多有口无心。

工作经年，出错受苦。

改弦更张，尝到甜头。

屡撕屡写后，文稿变得精彩了；查之又查后，会议质量保证了；掂来掂去后，事情办得精当了。

总之，“你不负认真，认真亦不负你”。

早先读过的一篇诺贝尔文学奖作品，这样描写一位鞋匠：“他把灵魂都缝进靴子里去了。”

——“什么是核心竞争力？”

——“认真。”

不是吗？

你有百分之五十的认真，就有百分之五十的竞争力、百分之五十的不可替代性；百分之百的认真，就有百分之百的竞争力、百分之百的不可替代性……

难怪，得道古圣先贤，总是不停地喃喃自语：“人一能之己百之……”

2021 年 7 月 31 日

“耳界”与“眼界”

两个多小时的维也纳新年音乐会，没舍得第一时间在路上听直播、看手机，唯恐第一印象局限了“耳界”，“打折”了“眼界”。

第二天坐在大电视对面，踏踏实实、完完整整看了回放。富丽堂皇，宛如亲临。

去年“悲壮”的空场，今年“希望”的满场。

回头全息收看，确实值得。

尽管欧洲正值又一波疫情汹涌来袭，人们还是坚定地走进了金色大厅。于是，五彩鲜花，五色口罩，装点了2022年的新年音乐会。无论发生战争、危机还是疫情，维也纳新年音乐会，都依然满足了人们对最高水准音乐会的期待。

完美视听。

看到的，无论是首席小提琴手一丝不乱的络腮白须，还是短笛吹奏者宽额沁出的密密汗珠，所有演奏人员都干净整洁，全神贯注。当然，更难忘《一千零一夜圆舞曲》中，五大洲芭蕾舞者多姿的身影，《丛林中的仙女法兰西波尔卡》节奏里，八匹西班牙白马齐整的舞步。

听到的，无论是大提琴浑厚的沉响，还是三角铁微弱的轻音，所有乐器的触碰都恰到好处，默契发声。当然，更记得《夜晚狂欢者圆舞曲》精彩纷呈的器乐、合唱、口哨，《香槟波尔卡》结束时的开瓶一“嘭”。

从施特劳斯家族作品，扩展到整个维也纳音乐，“希望、友谊、和平”，是今年音乐会传递的好声音。正如近八十岁的指挥丹尼尔·巴伦博伊姆（Daniel Barenboim）的深情告白：“在这特殊的时刻，所有的人要紧紧团结在一起，大家是命运共同体……”

这一次，《拉德茨基进行曲》的演奏，全体观众的“啪啪”掌声，格外热烈整齐；

这一刻，永远的《蓝色多瑙河圆舞曲》，化作施特劳斯音乐的珠穆朗玛，人们的掌声、欢呼声经久不息。

远远漫去，

近近涌来，

由远及近，

仿佛更多的人，

更多更多的人，

在朝着同一个方向聚集，朝着构建人类命运共同体的方向，聚集、聚集、聚集。

2022年1月4日

状态很重要

十几年前，局里新招录了一名大学生。他毕业于普通院校，除身高马大之外，报到时没留下更加深刻的印象。

随着参与工作渐多，一个感觉渐渐形成：“这小伙子在状态！”

去机场接送领导是经常性工作，有意给他出个难题：“明天派你送机，能不能第一次去，就把这活儿弄得明明白白？”他不含糊，大身板儿一挺：“能！”第二天不仅顺利完成任务回来，还附带草拟了一份送机工作流程：在机关领支票、提前电话联系、租休息室、领公务证、引领安检、礼仪安排、结账……一项一项，清清楚楚。

一次，在他的呈批件上，我贴了张黄色小便签：“概括性说明文字，以后还要再加推敲，力求精练，避免重复。”七年之后，在被其他局室挖走前，他为原处室留下了一份近万字的工作规范，同时还展示了那张黄色小便签——压在他办公桌玻璃板下七年。

十三年过去了，他又被派往境外更重要岗位工作了。他告诉我，那张黄色小便签又带去压在玻璃板下……

经过这么多年的工作生活磨练，不懒散、不懈怠、不松劲，始终在学习，始终在努力，始终“在状态”，于是也始终在进步。

中国足球队前主教练米卢说过一句话：“态度决定一切！”从某种意义上讲，很对。

2022年1月11日

够着的高度

多年前，一位朋友从湖北偏远的武陵山区小城，终于考入中央音乐学院，师从名家学习声乐。

谈及成功，她说全没料到，当时报考者众，尤其相比训练有素的大城市考生，更是自愧不如。然而，主考老师却对她说："技巧并不太重要，进校都能学到，你有一句'够着的高度'，别人达不到，这个最重要。"

"够着的高度"？

噢，原来如此。

够着的高度，让老师看到了学生的潜能。如果"点"上能，经过努力，"面"上也能，最终"整体"都能，就厉害了。

于是，想到几句类似的话：“不要门门温，但要一门深。”“不在做了多少，更在做得多好”……

由此还联想到几个小故事：

一个德国老鞋匠，人们说他把灵魂都缝进了靴子里；

一个日本小寿司店，占地仅几平方米，却做成远近闻名的百年老店；

一个中国普通焊工，几十年如一日，精益求精，成为产品“上天入地”的大国工匠……

是啊，甭管你是做什么的，关键看你做的，能够着什么高度；关键看你做出的，能否因你而获得荣光。

这大概就是“行行出状元”的要义吧。

如今，“高质量发展”成为热词，它岂限于经济？不啻已成为对当代中国全社会、对各行各业各领域的要求和期待。

去吧，去够你可能达到的高度！

2022 年 2 月 12 日

外测与内省

疫情之下的生活，多出了不少外测。

去公共场所都得在门口操作一番：掏出手机，调出红底白图“北京健康宝”，点“本人信息扫码登记”让一条绿线扫过门上二维码，接着“咣当”一声，显示出打勾绿圈和“未见异常”绿字，你心一喜，他心一安，两相踏实，门卫朝你潇洒一摆手：“进去吧。”进店，自由了。

清明扫墓归来，驾车路过酒仙桥后，扫码失效，接着就明白了什么叫“弹窗”。先是居委会，接着是派出所发来留言、打来电话，然后遵嘱四十八小时隔天两次做核酸，结果都“阴着”哪！

于是联系居委会上报一小时后，弹窗解除。外出，自由了。

自由的感觉，真好。

当然，你若“阳着”，不仅自个儿知道，俺们朝阳群众就都知道了。

上班进楼，测温设备实时显示头像和体温，进进出出东西两门，测温总在35～36度之间徘徊，也都踏实。从小到大，对自己体温的认知，从未如此明白。

就想到《论持久战》那两句话：“战争的伟力之最深厚的根源，存在于民众之中”，“使日本侵略者陷入了人民战争的汪洋大海之中”。

现在的侵略者成了病毒。

面对如此汪洋大海，想必，病毒偷袭，也挺狂难。

外测如此，内省如何呢？

温习《论语》，曾子曰：“吾日三省吾身，为人谋而不忠乎？与朋友交而不信乎？传不习乎？”古往今来，莫非能外？

只是作为时代公民，似可变变字词儿：“敬业乎？诚信乎？友善乎？”当然，“爱国”仍是前提。除此之外，作为国家公务员，“日省”的内容，肯定还要更多些。

总之，“见贤思齐焉，见不贤而内自省也”。无论外测多了、少了，内省的功夫，还是要下的。

而且，久久为功。

2022 年 5 月 12 日

梯田的认知

到了元阳，看了梯田，听了介绍，有了认知。

那是个美丽的景观。

在云南边疆哀牢山南段，在茫茫森林掩映中，在漫漫云海覆盖下，百万亩梯田与地势地貌、生态环境、民族建筑完美结合，人与自然和谐交融，四时四季不同风光，“百变梯田”的奇妙景观，具有无以伦比的美学价值。

那是个生命的载体。

19万亩元阳梯田仍在养育着全县36万农业人口，6400多公顷森林仍在供给全县生活和农田用水，4653条水沟干渠仍在日夜灌溉，至今一直是哈尼人民千年赖以生存的物质基础。

那是个伟大的创造。

在长达1300年间，以哈尼族为主的元阳县人民，高度智慧，巧适环境，坚韧不拔，世代挖筑，从山脚延伸至海拔2000多米的高山之巅，顽强开垦出蜿蜒千壑万岭的绵绵梯田，有座山坡竟多达3700级，创造出一部刻在大地上的巨型文明史书。

那是个科学的系统。

村寨上方矗立着茂密的森林，下方密布着层叠的梯田，形成江河—森林—村寨—梯田“四度同构”缺一不可的生态系统，至今仍种植着适于本地环境生长的千年红米稻种，沿用着古老的“木刻分水法”“自然冲肥法”，保证每块梯田得到充分的水量和肥料供给……

哈尼梯田，作为人类共享的独特农耕文化遗产，给我们留下很多。

对这块文明的活化石，应当看什么、想什么、做什么？

格外珍惜，赓续不断，当是底线。

2022年6月19日

比赛的阅读

经过十天的激烈对决，随着今晚男团决赛，中国战胜德国，第五十六届世乒赛在成都落幕。

其实，昨天中国女团夺冠、男团战胜日本进入决赛，我心里的赛事就已是终局，还预测对了男团决赛3∶0的结果。当然，任何预测的正确，都凭认知的准确。

阅读成都世乒赛，三点感受很深：

一是去拼别人，莫等别人来拼。领先世界多年的中国乒乓球队，无论团体还是个人，早已成了“众矢之的”。作为“被拼对象”，意味着会被研究更多、被针对更多，因而取胜就更难。反之，若能做到“被拼者拼人”，就能变被动为主动、变消极为积极、变守胜为争胜。很赞同国乒队“赛后归零，从头再来”

的理念。这次，马龙与德国小将决赛前坚持对练直拍队友到最后的精神，陈梦接受采访时表达的“赛前我们准备得很充分”态度，都让人敬重、宽慰。

二是不仅是个别队员卓越，更要团队体系强大。乒乓球运动对队员要求越来越高：速度更快，力量更强，角度更刁，多拍更稳，还要因人因局因拍应变而变、精准出手，更要有不骄不馁、坚韧不拔的强大意志。面对各国才俊辈出、进步飞快的新生代，保持卓越领先十分不易。同时，团体比赛越来越体现为“体系作战”。中国队小组赛十员大将参战，淘汰赛六员主将出征，而缺了波尔、奥恰洛夫的德国队，少了水谷隼、早田希娜（由入场参战变出场指导）的日本队，林昀儒未到只靠庄智渊独撑的中国台北队，要撼动阵容齐整、体系强大的中国队，的确很难。即使张本智和奋力独拼两分，中国队依旧 3∶2 涉险过关。

三是既要看比赛结果，也要看比赛过程。世乒赛是世界体育赛事，也是文化交流平台，从中能传达出许多信息。特别是在疫情之下主办，并连续进行全球直播，展示“可信、可爱、可敬的中国形象”更成为赛会的重要功能。全球目击之下，被记住的未必是一场场胜负比分，更可能只是一个精彩动作、一个友好的微笑，一个暖心的场景，比如，当看到伊藤美诚等日本队姑娘们在梳理整洁的头顶上各戴一只小熊猫公仔，神情欢快地登上亚军奖台时，就感到我们不仅可以展示更多的强大，还可以展示更多的美好，也还可以下更大的功夫，在更多细节中展现出来。

总之，“日出江花红胜火”“万类霜天竞自由”。世界在运动变化中，不是此长就是彼长，大家都在进步，就看谁进步得更快、更多、更好。

我们还要更努力。

2022 年 10 月 9 日

成都的味道

“麻辣呗！”

一看文题，想必有朋友会脱口而出。

成都的味道，“麻辣”只是舌尖上最初的感觉。口尝身浸、耳濡目染一些时日，品到的，要丰富得多。

总想用一个字概括出这城市的味道，反复揣摩，最后觉得还是“平”这个字最熨帖。

“平？对头。成都平原撒！”可能又会有当地朋友这么说。

当然，“存在决定意识”嘛，与天府之国地理位置定然有关，但这里想表达的，只是紧系“平”字的内心感受。

一是“平和的味道”。每次出机场坐上进成都的巴士，总有种“和光同尘”“宾至如归”的亲切感，满口川音的司机，都会轻松愉快地与你聊家常、摆故事。成都大熊猫，那些呆萌顽皮、悠然自娱的国宝，很是抚慰人心，惹得每年数百万游客慕名而来，欢喜而去。还有则传神故事：一个外星人从天而降，有别于北京人警觉的目光、上海人艳羡的表情、广州人解馋的念头，麻将桌旁的成都人却是回头招手：“来嘛来嘛，三缺一！”想必，内心平等适意，表现于外的，就最是平和吧。

二是“平安的味道。”“巴适”“安逸”是成都人美滋在兹的口头禅，赵雷唱的热歌《成都》“你会挽着我的衣袖，我会把手揣进裤兜”“在成都的街头走一走，直到所有的灯都熄灭了也不停留……”正是这种感觉。此心安处是吾乡。人潮簇拥的锦里，依傍着蜀汉君臣合祀的祠庙；白鹭隔立的锦江，遥应着心忧广厦诗圣的草堂。游人不经意间路过的金沙遗址，又有那只吉祥的“太阳神鸟”默然属望。山河无恙，烟火寻常，浸入成都的烟火人间，更能深切体会到那种看透红尘又热爱红尘的平安之福。几乎人人都在说自己城市的好，别处还真少见成都人那么多的满足、那么少的抱怨。

三是“平实的味道”。楼下小吃店鳞次栉比，绵阳细粉、铺盖宽面、跷脚牛肉……便宜的美食佳肴尝不完、吃不够。大楼电梯里，偶遇辛勤奔走的快递小哥，他亮着眼睛告知，当天送餐已过百单。好友邀约去望江公园喝茶，毗邻着薛涛小院，围坐在密竹空地的大圆桌旁，几只茶杯、几碟瓜子、一把大壶，尽享市民“坝坝茶”的家聚之乐，自在祥和。

成都人喜欢诗句“锦城丝管日纷纷，半入江风半入云”，更熟悉对联“能攻心，则反侧自消，从古知兵非好战；不审势，即宽严皆误，后来治蜀要深思”。早听过老话“少不入川，老不出蜀”，又近闻公开征集城市释名，“成功之都”广受推崇。是啊，人才纷纷涌入，精彩创意频出，究竟如何辩识这个“幸福指数”持续领先全国的西部城市？

世界是平的。平而不庸的成都，饱蘸着生活所有容易消化的味道。“成都，带不走的，只有你”。

2022 年 10 月 15 日

第二辑　动之以新成

动之以新成

很喜欢《道德经》的这段文字：

孰能浊以止，静之徐清？

孰能安以久，动之徐生？

喜欢，是因为其中的意蕴，发人深思。

是啊，孰能？

从2020年4月23日全国政协读书活动启动仪式上的号召，到读书经验网上交流会的总结，再到在读书群读书故事的分享，明确“书香政协”是政协应有的社会形象；明确政协委员应该是最喜欢读书、最有条件读书、最能够把书读好的群体；明确要真正把读书当成一种生活态度、一种工作责任、一种精神追求、一种境界要求；明确要准确把握委员读书活动的政治性、实践性、互动性、主动性、持续性；明确要加强组织领导，完善工作制度，丰富活动载体，做好成果转化；明确要循序渐进，久久为功，尊重意愿，优化服务。

回头一望，数月时间，全国政协读书活动从无到有，一生二，二生三，30 多个读书群建立，1815 位全国政协委员入群，12 万多人次发言，97 万多人次浏览，34 个界别、31 个省区市和香港、澳门等地区全面覆盖。

如今，书香政协书声琅琅，向下延伸，已成涓流成河、星火燎原之势。

是啊，孰能？谁能做到浊以静之徐清，安以动之徐生？谁能做到“保此道者不欲盈”“能敝而新成”？

政协读书活动的发起者能，政协做到了。

2021 年 1 月 19 日

治懒与立勤

机关工作人员容易有个通病，叫作“庸懒散松”。

庸：不高明，无作为；懒：怠惰于思考和工作；散：松懈，无心于事业；松：弛懈无纪，不严不整。

一个机关若染上“庸懒散松”病症，必然表现为作风不佳、效率低下，为人民群众所诟病，非坚决整治不可。

整治“庸懒散松”从哪儿下手？

治懒。

“庸懒散松”——懒为根。

懒得思考，不动脑筋，必然庸碌无为；懒于负责，无所事事，必然涣散无绩；懒于整饬，松松垮垮，必然懈怠无力。

所以，整治“庸懒散松”就得从治懒开始。要严厉惩处懒的恶果，使其“不敢懒”；严密督察懒的行为，使其“不能懒”；严明奖勤罚懒措施，使其“不想懒”。

整治“庸懒散松”，兴立的，当然就是它的反面——“优勤慎严”。

兴立“优勤慎严”从哪儿着手？

立勤。

“优勤慎严”——勤为基。

业荒于懒而精于勤。

勤则能优，勤则能慎，勤则能严。

勤则无匮，天道酬勤。

兴立“优勤慎严”，就应该从勤开始，下决心把勤的“想法”变成勤的“做法”、勤的行为、勤的风尚。

2020 年 5 月 6 日

微笑着原则

两会在即，久违的两千多名政协委员，将在疫情防控常态下来京共商国是，大会秘书处正尽更大努力做好各项组织服务工作。

忽然想到一个政协工作的本领：微笑着原则。

政协领导曾嘱咐："要学会微笑着讲原则的话"；"做大会疫情防控工作，流程要严，态度要好"。

古人说："一阴一阳之谓道。"

的确是：一柔一刚见功夫。

要努力掌握好这个政协工作的本领和功夫。

首先，要懂原则。政协干部作为专门协商机构工作人员，为政协委员履职服务，当然对政协是什么、做什么，自己该怎么做，就得了然于胸。比如，政协

“把坚持和发展中国特色社会主义作为巩固共同思想政治基础的主轴，把服务实现‘两个一百年’奋斗目标作为工作主线，把加强思想政治引领、广泛凝聚共识作为中心环节”；比如“有事好商量，众人的事情由众人商量”，找到最大公约数；比如，疫情防控从我做起，不留真空，严守纪律等。否则，原则不明、进退失据、宽严皆误，入职政协要深思。

其次，要会微笑。笑的功能人人都有，却未必人人都会。“霁月光风，草木欣欣”是天道、地道，亦是人道。“坚持团结和民主”两大主题，为参加政协的各党派团体、各族各界人士提供履职服务，微笑，能体现出我们对政协事业和机关工作的认识和理解。“最贵重的饰品是谦虚，最美丽的妆扮是微笑”。当然，笑须“发乎于心，现乎于行”，美丽的笑容，从来都先绽放在心里。不然，看上去，那肯定怪怪的。

“色”难，“容”易；自警，自励。

“微笑着原则”，我们且学且习且记。

2020年5月15日

今年的“会眼”

诗有诗眼，文有文眼，都是诗文画龙点睛之处。

政协十三届三次会议就要结束了。大家都感到这次会议是一次民主、团结、求实、奋进的大会。如果要用一个词概括大会的特点，我选择用“凝聚”，想称它为今年大会的“会眼”。

这是一次非同寻常的会议。突如其来的新冠肺炎疫情，让我们遭遇了中华人民共和国成立以来传播速度最快、感染范围最广、防疫难度最大的公共卫生事件。在以习近平同志为核心的党中央坚强领导下，经过全国人民艰苦卓绝的努力并付出牺牲，疫情防控取得重大战略成果。进而，如何把损失降到最低、完成今年目标任务？对这次推迟两个多月召开的两会，国内国际更加关注，广大委员热切盼望，社会各界充满期待。

期待什么呢？

我感觉，最期待的就是“凝聚”。

我注意到，第十三届全国政协主席、党组书记汪洋所做政协常委会工作报告的最后部分“深入做好凝聚共识工作”，在委员当中引起强烈的共鸣。面对三个“前所未有”的复杂局面，人民政协如何树立正确的履职观，如何把握凝聚共识正确的方法、摒弃错误的观念，如何把凝聚共识融入各项履职活动中一体设计、一体落实，如何解决凝聚共识的难点重点、增强工作实效，是必须进一步探索推进的时代课题。

要广泛凝心聚力，通过广大代表委员共赴两会，进一步提振信心，鼓舞士气，稳定预期，凝聚起抗疫斗争中展现出来的中国精神、中国智慧、中国力量，要把党中央决策部署落实下去，把海内外中华儿女智慧和力量凝聚起来，为夺取全面建成小康社会伟大胜利而努力奋斗。

这就是今年政协大会的“会眼”，这就是当下全社会大多数人共同的期待。

2020 年 5 月 27 日

协商的要义

人民政协要为实行中国式民主发挥作用、做出贡献，就要运用协商民主优势，提升专门协商机构的制度效能，促进广泛团结，推进多党合作，实践人民民主，为国家治理添助力、增合力。

要做到这些，就得把协商的“要义”落到实处。

协商“要义”：

一要有主体。“众人的事情由众人商量”是集中概括，两个相同的“众人”，意味着“事情”的主体与“商量”的主体是一回事儿，得是利益攸关方，俺村的事儿就不劳您村协商了。当然，攸关方有的是直接当事人，有的可能是其他关联者。

二要有结果。协商因商事儿而来，冲成事儿而去，是要有结果的。协商的事儿有大小、缓急、繁简，协商的结果也有远近、将即、慢快，结果的实现形式可能是某种共识的达成，也或是某种利益的落实。不管怎样，不该是“无果”的，不能只是为协商而协商。“心中有结果执行才能有效果”，对协商结果要事前谋划、事后落实。

三要有规则。“票决是意愿的聚合，协商是意愿的融合。”这种意愿融合的协商应是有规则的：

协商在事前。事都定了，再坐到一块儿，那叫“通报”“座谈”或是其他什么，但不是协商。

协商要互动。协商事儿的主体是平等的，各方都有权利表达自己的意愿，且意愿得交集在同一标的上，不能各说各话、答非所问。

协商得妥协。意愿“融合”的结果，必然是你中有我、我中有你，协商各方都要有修正自己意愿的准备，经过协商，合理的意愿都应得到某种体现。“不行，就得这么办！”那是命令，不是协商。

四要有平台。协商需要平台。我国协商民主的渠道主要有政党协商、人大协商、政府协商、政协协商、人民团体协商、基层协商、社会组织协商七种。通过这些渠道，可按照广泛多层制度化要求，搭建各种平台，履行各种协商职责。

五要有专门机构。在我国，人民政协不是权力机构，不是立法机构，不是行政机构，而是专门协商机构；不是协商主体，而是为参加政协的各党派团体和各族各界代表人士与决策和执行机构搭建的协商平台；不是“和”政协协商，而是“在”政协协商；专门协商机构对协商民主制度建设、协商规则制定等负有特殊的责任；专门协商机构应通过提供专门服务实现与各协商渠道的有效衔接，推动我国协商民主建设的发展。

落实了以上协商“要义”，以协商有效凝心，以协商实现聚力，就能更好把人民政协制度优势转化为国家治理效能。

2020 年 6 月 16 日

“说法”与“做法”

王阳明说：“知是行的主意，行是知的功夫；知是行之始，行是知之成。”意味着只有“说法”没有“做法”，那是“知”之功夫未到，“知”之有始未成，尚未达到“知行合一”的境界。

观察生活，发现一知半解、有始无成、只有“说法”没有“做法”的事儿随处可见，自己也经历不少。如同“咣当”落下一只鞋子，让楼下邻居为期待另一只落下而失眠到天明。

做单位一把手时，信心满满提出“学习组织，和谐集体，研究单位，服务团队”“四型局室”建设目标，自感理念不错、字句工整、大家认同，看上去很美，但如何做到？犯难。“安以动之徐生”的功夫还是欠缺。

之后，找来“抓手”，把“说法”变成“做法”，轮子转了起来，另一只鞋子也安然落下。

“四型局室”的四个“抓手”：

“学习组织”——“每周一测”。通过对本职工作“应知应会应记”内容的闭卷测试，压实压紧了每周的学习任务和节奏。

“和谐集体”——“每人一条”。通过全局人人对人人一条优点、一条缺点的提出，坦诚批评成为团结的利器，真挚赞扬成为思齐的目标。

“研究单位”——“每月一研”。通过提前做出计划，使每人都成为某月局室业务研讨的主角，其研究问题的动力、压力和效果明显改变。

“服务团队”——“每仗一评”。通过对每次重要会议活动组织服务工作的认真总结讲评，形成了服务团队要提高服务质量、服务质量体现在服务规范、服务规范形成于“每仗一评”的闭环优化机制。

有了“抓手”，使“说法”变成“做法”，才感到有始有成的充实，感到“知行合一”的愉悦。

2020 年 6 月 18 日

外卖的会商

视频里，一辆快递摩托车越过沙漠疾驰而至；

会场上，一位外卖小哥佩戴证件端坐桌前。

“众人的事情由众人商量”。网络外卖，井喷式增长，涉及千家万户的食品安全问题，成为全国政协双周协商座谈会议题，政府部门、网络平台、委员专家等相关方围坐一起，同商一事。

不同观点在交流：

“外卖质量”：行政部门抽查不合格率为 7.95%，高于线下餐饮；平台企业认为总体状况良好，每万单食品安全投诉少于 1。

“平台抽成”：地方餐饮协会反映过高了，认为不能轻描淡写；平台企业表示仍处于早期投入阶段的亏损状态，愿就抽成比例进行探讨。

“小餐饮入网”：有委员建议全面确认经营资格，创造更多就业机会；有委员强调平台要切实严格把关，杜绝无证违规商户上线。

“行业协会”：有委员建议推动建立外卖餐饮行业协会，以制定标准、强化自律；有委员互动指出要用制度保证公平竞争，防止牵头大企业通过制定协会标准垄断经营……

更多共识在达成：

“评估”：做出很大贡献，存在不少问题。

“目的”：在发展中规范，在规范中发展。以包容审慎的态度，促进健康发展。

“原则”：守住安全底线，保障公平竞争。

“衔接”：在法律法规之间、法规标准之间。

“责任”：政府抓平台，平台管商户，商户保底线，“谁家的孩子谁抱走”，做到责任链无缝衔接。

“愿景”：通过连续信息流，实现全产业链监管，做到宏观信息可查询、来源可追诉、去向可追踪、责任可追究。

会议启示：

“协商”：就要这样多主体、多角度、多层次进行，各抒己见，深入交流，增进共识。

“标准”：还要区别底线和天花板。底线要守牢，绝不后退半步；天花板要置高，留出充分创造空间。

“新事物”：总是在引领着新生活，总是走在规范的前面。

“执其两端，用其中于民”，为了把小树培育长大，适时适当为它修枝剪叶吧。

2020 年 6 月 24 日

“三法”的解钥

全国人大通过了《中华人民共和国民法典》（以下简称《民法典》），其1260条内容，对人的生老病死、衣食住行方方面面民事权利义务都作了规定，是一部固根本、稳预期、利长远的基础性法律。在新时代，实施好《民法典》，将使群众权益得到保障，人们交往更加有序，整个社会更加和谐。

全国政协第二期委员读书活动，《民法典》读书群亦是异常火爆。日前，召开该书的线上线下交流会，中国社会科学院孙宪忠研究员的精彩解读，进一步拉近了大家与这部法律的距离。

随着他对《民法典》编纂于国家治理、人民权利的意义，对现实、实践、全局、基础、贯穿、历史“六性要点”的阐释，读者的思路不断廓清、条理更加明晰。

特别是他最后推出的“三法”要点，更令人眼前一亮，纲举目张地把整部法律拎了起来。

首先是“法思想”。编纂这部《民法典》的指导思想，体现了贯彻社会主义核心价值观、加强人民权利保护、维护社会实现公平正义等重要思想。这是《民法典》的灵魂。

其次是“法感情”。在人民群众当家做主的社会主义中国，编纂《民法典》必须充分考虑到我国国情民情下的民事主体，尤其是普通人民群众发自内心的接受。这是《民法典》的底线。

再次是“法技术”。就是《民法典》编纂要讲法理、讲体系、讲逻辑，要按照法律制度的同一性和差异性，建立一般规则和具体规则，构成一个科学的民法体系。这是《民法典》的科学要求。

如同拿到一把钥匙，从“三法”要点切入，《民法典》大门在面前豁然洞开。

是的。首先映入眼帘的，是那个大写的“人”字。

2020 年 7 月 13 日

范式的研习

从读书群学到，战略思维要求“战略上，要判断得准确，谋划得科学，布局得合理，实施得有效”，要“增强工作的原则性、系统性、预见性、创造性”。

就政协民宗委工作而言，此范式是可由“说法”变为“做法”的。

本届创新搭建的“界别主题协商座谈会”可为例：

一是判断要准确。明确将“铸牢中华民族共同体意识”和“坚持我国宗教中国化方向”作为不变的主题，这正是中央对民族和宗教工作明确的方向，符合“原则性”要求。

二是谋划要科学。“铸牢中华民族共同体意识”和“坚持我国宗教中国化方向”，要落实到民族和宗教工作各方面与全过程。我们紧扣主题，每次选择一个方面和角度，力求不断深化，符合“系统性”要求。

三是布局要合理。协商座谈“促进各民族交往交流交融”，就要考虑到不同地区、不同民族、不同经济社会发展水平、不同文化传统等情况；协商座谈“教义教规阐释”，就要统筹安排佛教、道教、伊斯兰教、天主教、基督教各宗教界代表人士，五大宗教全国团体负责人、基层教职人员、专家都有代表参加讨论。

四是实施要有效。“预见性”体现为“心中有结果，执行才能有效果”“不打无准备之仗，不打无把握之仗”。要把协商主题选准选好，把协商人员选准选好，把协商内容弄准弄深。发言不偏离主题，不穿靴戴帽，不空泛虚谈。事实证明，这种“主题鲜明、形式灵活、刀刃向内”的协商，有效推动了相关工作的开展。

运用战略思维的范式，对照分析研究工作，对深化工作规律认识，很有帮助和促进作用。

2021 年 1 月 23 日

牛年的祝语

新春伊始，全国政协领导连续三年都为政协机关送上了亲切的生肖年祝语。

2019年，己亥猪年前，送上对联：

上联：狗年新气象，政协机关进步可嘉；

下联：猪岁结硕果，双向发力分量可期。

横批：猪比狗重。

2020年，庚子鼠年前，送上祝语：

工作业绩“数”一“数”二，工作亮点“数”不胜“数”，年轻单身干部，也能够心有所“属”。

2021年，辛丑牛年前，又送给大家三句话：

第一句：在服务中心任务中体现担当——工作成绩的亮点数不胜数；

第二句：在开启“十四五”、奋进新征程中发挥优势——专门协商机构，“商”机无限；

第三句：在庆祝党的百年华诞中建功立业——绘就新篇，再鼓牛劲。

今年，全国政协领导还送来亲书的“犇”字为大家祝福，并特别指出，习近平总书记在全国政协新年茶话会的重要讲话中号召，要当好“为民服务孺子牛”“创新发展拓荒牛”“艰苦奋斗老黄牛”。全国政协倡导和发扬“三牛精神”，大家更要有高度的政治自觉，胸怀“国之大者”，脚踏实地，埋头苦干，开拓创新，以实际行动践行“两个维护”，书写精彩人生。

是啊，“牛马年好耕田”，三牛为犇，“犇”又为“奔”。新的一年，我们要在前进的道路上奔跑，我们要为伟大的事业奔忙，我们需要鼓足工作的牛劲。

一位少数民族委员发来即兴赋诗，表达了大家共同的心情：

新年题犇豪情添，
三牛合股力无边。

各族人民大团结，
咬定目标同心干。
两个百年增辉煌，
中华复兴再加鞭。

2021 年 2 月 10 日

内卷与外演

注意到“内卷”这个网络热词，字义为“向内演化，或绕圈圈”，被指“没有明显发展或增长，只能内部越来越复杂的一种状态”。

还有网文举例说明：无意义的精益求精、将简单问题复杂化、仅为免责的被动应付、偏离预期目标的工作、低水平模仿和复制、限制创造力的内部竞争、同一问题上无休止的挖掘研究等等，均属“内卷”。

如此看来，所有无实质意义的消耗都可归于名下，其本质是资源的浪费和进步的停滞。外在条件的限制固然存在，内在认知的局限才是主要原因。

这样一种检视，对于改进工作、推动事业有借鉴意义。它会时刻提醒我们：重要的，不在投入多少，更在产出多少；不在做了什么，更在做成什么。比如：知识分子多，知识产出怎样？科研人员多，科研成效如何？人口众多，对人类文明做出的贡献有多少？

总之，要像与“内卷”（Involution）相对应的“外演”（Evolution）那样，取得真正的发展、增长、进步。

这才是考量的重点。

这才是硬道理。

2021 年 5 月 8 日

协商在深度

全国政协十三届四次会议上的常委会工作报告明确要求："举办专家协商会"，对"重大问题进行深度协商"。这是全国政协今年部署的一项新的重要工作。

我理解，"专家协商会"起码得具备三个要件：

一是协商什么：重大问题。

二是谁来协商：政协委员、专家与有关领导、部门负责同志。

三是协商目标：深度协商。不为召开一次会议，而为弄清一个问题。

这里，"深度"是关键。

"专家协商会"是实现深度协商的一种方式、一个载体。

那么，如何通过“专家协商会”实现深度协商？

首先要讲真话，这是深度协商的前提。

其次是方式对，要创造出讲真话的条件。

再次须找准人，通过最知情人的深入协商交流真正找到分歧的裉节儿、解决的实招儿，为科学决策和凝聚共识提供真知灼见。

为此，每次参加协商者的人要少，才能有畅所欲言的氛围和充分的时间，才方便进行不同观点之间直接、深入地互动，协商才能深得下去……

于是又想，因为关乎“丰富协商制度内涵”，兹事体大。不仅“专家协商会”，政协所有的协商活动，似乎今后都应将“深度协商”，作为建言资政和凝聚共识的目标。

看来，协商在于深度。

2021 年 6 月 18 日

搭台不简单

两年前，全国政协领导指出，市县政协主要工作是协商，主要工作方式是“搭台”；今年全国两会前又指出，人民政协主要工作是协商，主要工作方式是“搭台”。

从市县政协以至人民政协，作为专门协商机构，主要工作方式都明确为“搭台”。

“搭台”，是为了唱戏；搭什么台，就决定了唱什么戏。

所以，“搭台”，何其重要。

为什么是政协“搭台”？

因为，政协协商是在决策之前和决策实施之中，各党派团体和各族各界人士与党和政府进行的民主协商，不是“和”政协协商，而是“在”政协协商，“在”

政协搭建的平台上协商。

政协的五项定义、三项职能、“三个重要”职责、“四个一线”属性，都需要通过以搭台方式发挥专门协商机构作用得以实现。

如何“搭台”？

应按照“广泛多层制度化”要求搭台。

就广泛而言，协商内容应包括经济、政治、文化、社会、生态文明建设等各方面内容，协商形式服务协商内容，需要搭建什么形式平台就搭建什么平台。

就多层而言，可依托全国及省市县各级政协搭建各级协商平台，并以“不建机构建机制”的方式向基层延伸，什么范围的问题就在什么范围内搭建平台开展协商，推动问题的解决。

就制度化而言，“专门协商机构”应该对各种协商活动的参加范围、讨论原则、基本程序、交流方式等提供规则和服务，并实现与其他各种协商渠道的对接。

如此“协商起来”，全社会广泛开展以“意愿融合”为特征的协商民主，成为保证人民当家做主的有效民主形式，将是对人类政治文明的一大贡献。

2021 年 7 月 12 日

“应用”在“转化”

十三届全国政协换届之初，全国政协领导指出，各专委会应该成为某一领域重要的应用型智库。《中共中央关于新时代加强和改进人民政协工作的意见》明确：“建立具有政协特色的应用型智库。”

怎么找准定位？

党的十八届三中全会通过的《中共中央关于全面深化改革若干重大问题的决定》（以下简称《决定》）提出：“加强中国特色新型智库建设，建立健全决策咨询制度。”

《关于加强中国特色新型智库建设的意见》要求：“增强中央和国家机关所属政策研究机构决策服务能力”，“加强与智库的沟通联系，高度重视、充分运用智库的研究成果”，“全国政协要推进智库建设”，鼓励“政协委员”“与智库开展合作研究”。

由上可知，人民政协作为专门协商机构，推进智库建设是重要任务，以便更好地发挥决策咨询和委员主体作用，提高政协履职水平和工作实效；作为中央机关重要组成的政协机关，应加强与智库的沟通联系；作为政协工作机构的专委会，应建设成为应用型智库。

如何发挥作用?

应着重做好成果的“转化”。

目前，共有四类二十九个机构入选首批国家高端智库建设试点单位。一是党政军直属综合性研究机构；二是依托大学和科研机构形成的专业性智库；三是依托大型国企建立的智库；四是基础较好的社会智库。

作为应用型智库的政协专委会，毋须从ABC研究做起，而是应该站在巨人肩膀上，就各自领域的重要协商内容，密切与上述国家高端智库、其他研究机构和政协委员的联系，合作开展各种形式的研究，做好本领域各方面研究成果的研判，把政协委员和专家学者在本领域有价值的研究成果，及时转化为参政议政的成果，参政参到点子上，议政议到关键处，真正发挥“决策咨询第一线”作用。

应用型智库，就得能把智库应用起来。

“应用”在“转化”。

2021年8月3日

值班的“通”道

我分管机关总值班室时，跟大家谈得最多的一个字就是——“通”。

机关工作，就是“三办”：办文、办会、办事，总值班室则是“办事”的典型，其遇事之多、办事之频、杂事之烦，其他部门不好比。人在事上练，体会也最多。《人民政协报》长文《闪光的石头》介绍它守望着“一部永不占线的电话”“一盏永不熄灭的灯”“一道永不关闭的大门”。

总值班室定位：“机关内部运行的枢纽和外部联络的窗口。”找准定位，就要使枢纽更通畅，使窗口更明亮。

总值班室精神：“清醒、准确、畅通。”展现精神，就要主观上清醒，办事上准确，结果上畅通。

总之，做好总值班室的工作，离不开一个“通”字。

“往来不穷谓之通。”

“百度”一下，“通”字组词，二字词523个，四字词117个。最切近的还在“三通”：通晓、通力、通达。

通晓，即“透彻地了解”。“物有本末，事有终始”，办事的前提是知事、懂事，要“知所先后”，才能做事“准确”，才能时间、地点、人物、内容等一样不差。

通力，即“通力趋事，相救相恤”。值班不能各顾各，得信息相通、分工合作、缺位补位、齐心协力、一体联动，才能不落人、不漏信、不误事，才具有无所不至的神力。

通达，即“到达目的地没有障碍”，也是“通”的本意，更是值班工作目标。“人迹所及为通达”，办事该及则及，该到则到，包括事到眼到耳到、时到话到物到……还须中通外直，不蔓不枝，疏塞通堙，排急解难，“山高客行有路，水深渡船有人”，保证畅通无阻。

“通”，是小理，更是大道。

“通”则不痛。

2021年9月7日

政协的茶会

自 1980 年 1 月 1 日起，全国政协新年茶话会一年一度，已经举办四十三次，成为党和国家领导人与各界代表人士共商国是、畅叙友情的重要平台。

一杯清茶，一盘水仙，淡淡的馨香。

一桌畅叙，一堂欢聚，浓浓的暖意。

一首老歌，一段新曲，深深的记忆。

改革开放到现在，我们国家经历很多，发展很快；政协大厅宾客不断，更替不停。新年茶话会持续举办未断，欢聚朴素热烈如初。

刚刚过去的 2021 年，党百年华诞，国全面小康，应百年变局，对世纪疫情。我们的国家乘势而上，砥砺前行，经济平稳健康，政治风清气正，社会国泰民安。中华民族付出奋斗，付出力量；中华儿女感受团结，感受幸福。

日出江花红胜火，虎虎生威开新篇。携手新征程，建功新时代，实现第二个百年奋斗目标，争取新的更加伟大的胜利和荣光，更加辉煌的前景就在前面。

不仅衷心祝愿；

还将勇毅笃行。

2022 年 1 月 1 日

一“准”值千金

这个认识，是在琢磨怎样写文章中逐渐形成的。

好文章啥样?

众说纷纭，莫衷一是。

鼓捣公文多年，熬出的心得就俩字：准确。

简单了吧?

并不简单。

起初觉得作文，那只是最低标准，最后发现它就是最高要求。

说到形式，比如委员在政协大会发表意见建议，可以选用提案、政协信息、大会发言等不同方式，但相应地，对文字长短、繁简、深浅、格式的要求也就不一样，要准确。

说到内容，大家都服膺好公文应具备准确性、鲜明性、生动性“三性”。但依我看，该鲜明时含混，该生动时呆板，就还是不够准，“三性”归根到底，就是“准确性”。

广而察之，不仅做文，原来做人、做事，也都在一个“准”字。

“世事洞明皆学问”之“明”，准也；

“人情练达即文章”之“达”，亦准也。

足球射门得分，要准；一把钥匙开一把锁，要准；精准扶贫，要准；精准打击，要准；精准防疫，要准；建言建在需要时，要准；监督督在关键处，要准；到什么山上唱什么歌，要准；情人眼里出西施，要准；

从“说得对”到“说得入脑入心”，也要准……

近处讲，值班室工作要求“清醒、准确、畅通”，关键就是要做到包括时间、地点、客体的“准确”，同时它也就既证明了主观上的“清醒”，又保证了客观上的“畅通”。

远里说，儒家的“君君臣臣父父子子”，希望他们都各尽其责、各像各样，强调的还是一个“准”字。

如此，“过犹不及”。

“过”，浪费资源，埋下隐患，不准，不好。

“不及”，未达要求，不能成事，不准，也不好。

本来是人家平台重要，却以为自己本领高强。没搞准，进退失据，宽严皆误，遗咎，败事。

远望去“山重水复疑无路”，走近前“柳岸花明又一村”。搞准了，一通百通，一顺百顺，无碍，成事。

最后，真理不真理，实践来检验。只有符合实践要求，是准的，能成事，那才能算。

2022 年 3 月 8 日

动静并纵横

日前，《政协文史“亲历、亲见、亲闻”文库》首卷《辛亥革命》（第一至十辑）出版，政协文史工作迈上新的台阶。

1959 年 4 月 29 日，时任全国政协主席周恩来在六十岁以上政协委员茶话会上提出，中华人民共和国成立以前的史料很值得收集，有些东西不赶快记载下来就会消失。同年 7 月 20 日，全国政协成立文史资料研究委员会，幸赖这个富有远见的决策，政协独树一帜的宏大文化事业由是发端。

历史是为现实服务的。六十多年来，各级政协共组织征集了近百亿字的文稿，“求真存实，多说并存”，对准确保留近现代历史，“以史为鉴，开创未来”，发挥了重要作用。第十届全国政协文史和学习委员会主任王蒙以诗咏感：“人事有代谢，往来成古今；文史‘三亲’在，政协大任深。”

三十六年前，第六届全国政协主席邓颖超指出，我们政协的工作包括两个方面：一个是活动性的工作，包括协商、开会、讨论、做决定等；另一个是静的工作，文史资料工作就属于这一类。文史资料工作又可以发展成为活动性的工作，扩大我们的活动领域。

十六年前，一位青年政协文史工作者在“政协青年论坛”上，提出政协工作“动静兼顾，纵横结合”的创新思路，即把政协履职实践工作和理论研究相兼顾，把政协工作历史和现实相结合。

很受启发。

将“动”的工作转化为“静”的工作，以“静”的工作推进“动”的工作。

树立政协工作的“大文史观”？

“一切历史都是当代史”，今天的工作又会成为明天的历史。

六十多年前成立全国政协文史资料研究委员会，是为了抢救可能湮灭的更早历史。历史每天前行不止，“文化大革命”后第一批高考毕业进机关的大学生，如今都是60后“老人”了，即使改革开放的历史资料，眼下也都需要“抢救”了。

六十多年后的文史工作，该有条件根本改变“抢救”模式了吧。

座谈会上得知，按照专题化、系列化构想，“三亲文库”今后要加强顶层设计，按照选题出版一卷、编辑一卷、谋划一卷，持续推进。

“存史、资政、团结、育人”，前提是“存史”。那么该怎样有效存史？

“历史的人做历史的事”。

“问渠那得清如许，为有源头活水来。”由此想到，面对迭代滚动的历史，政协能否创造一个迭代存留文史资料的工作机制：赋予每位全国及地方政协委员每届每年提交一篇“三亲”史料的作业，并以文字、影像、声音、数码等技术形式呈现。这样，不断活水，日新月新，就能为新时代政协文史资料工作奠定雄厚的基础。

如此，作为各个时期社会发展参与者、实践者、见证者的政协委员，于“立德、立功、立言”三不朽事业，就一直不会缺席。

2022年4月16日

没样到有样

虽然既没穿过，更没打过，但全国政协领导经常以“草鞋”比喻的工作指导，却给予很大启发和鼓舞。

首先是“草鞋没样，边打边像”。

本届政协，工作创新多多，大家有目共睹。现在回想，无论是“专家协商会”“专项民主监督”还是其他创新工作，领导在做出明确部署后，总会宽慰地补上一句“草鞋没样，边打边像”。这看似平淡的一句话，实是“实践第一”观点的通俗表达，激励作用甚大。

都知道从 0 到 1 的创新最难，前无可鉴也最容易出错。这时候，鼓励探索、宽容失误，能最大程度调动积极性、主动性、创造性，使大家义无反顾地投入工作之中。

其次是“草鞋有样，提高质量”。

“有样”，就是有标准。“像样”，就是达到标准。凡事，从无到有，从小到大，从差到好，无前就无后。正是如此，几年实践下来，现在方有条件开展协商议政质量评价工作，对双周协商座谈会、远程协商会、专题调研、委员提案、社情民意信息等工作，明确标准，扬长补短，进一步督促政协工作提质增效。

怎么“越打越像”？

那应该就是第三、第四的不断深化了，想必还是离不开“实践、认识、再实践、再认识，这种形式，循环往复以至无穷”“通过实践而发现真理，又通过实践而证实真理和发展真理”。

以此观之，实际工作中的“一具体就深入”“不出错，有新意，上水平”“实践创新、理论创新、制度创新”等规律性认识，就都相互豁然贯通了。

2022 年 6 月 7 日

优先的考量

不久前，全国政协以“坚持实施就业优先政策”为议题，召开专题议政性常委会会议。听下来，理解到更多对就业优先的考量。

考量一：就业有多重要？

就业，是经济发展的“晴雨表”、民生改善的“温度计”、社会稳定的“压舱石”、人的尊严的“庇护所”，是最大的民生工程、民心工程、根基工程。

就业优先，是由基本国情和发展阶段决定的。我国十四亿多总人口，九亿劳动年龄人口，又处于工业化、城镇化深入发展阶段，发展和就业，都更加复杂艰巨。

实施就业优先政策，是工人阶级领导的、以工农联盟为基础的社会主义中国政治制度和社会制度决定的，具有比资本主义国家更好解决失业问题的制度优越性。

考量二：就业形势如何？

首先是困难不可低估。

包括经济转型带来的结构性失业压力不可低估，人们就业观念的影响不可低估，疫情的持续冲击不可低估，青年群体就业压力不可低估，深度失业群体困难不可低估。

其次是信心不可动摇。

要看到我国经济发展的潜力和韧性，稳中向好、长期向好的基本趋势没有变，全面建设社会主义现代化国家进程不断创造着巨大的就业空间。

要看到劳动力长期供求关系趋于缓和，近十多年来劳动年龄人口呈现持续下降态势。

要看到以人民为中心的国家，其制度和文化促进就业的能力之强、政策之广、力度之大、措施之多、“蓄水”之深、合作之诚、帮扶之劲，是其他国家无法比拟的。

总的看，就业形势严峻，风险总体可控。只要正视困难、不失信心，就没有迈不过去的坎儿。

考量三：就业优先政策应如何实施？

既立足当前，又着眼长远。

从当前看，就是千方百计稳住就业岗位，守住不发生规模性失业的底线。要稳定经济预期，降低疫情冲击，抓住重点就业群体，创新管理方式，增强政策实效。

从长远看，就要加强前瞻研究和战略谋划，为就业长期稳定发展打牢基础。要深入研究产业技术变革、劳动力结构、就业观念、就业统计制度等对就业的影响，提出科学对策。

总之，坚持实施就业优先政策，就是把实现充分就业摆在宏观经济目标的优先位置，即宏观政策优先支持就业，资源配置优先满足就业，政府服务优先保障就业。

人民政协有责任也有能力，助推实施就业优先政策。各界政协委员都应当发挥自身优势，努力为实现更加充分、更高质量就业，贡献更多智慧和力量。

2022 年 10 月 6 日

春秋的致意

每年的两个“12 日”，都会记得。一个在 3 月，一个在 11 月，记作一春一秋，都与孙中山先生有关。前者是他的逝世日，后者是他的诞辰日。

为纪念这位中国近代民主革命的伟大先行者，除逢十诞辰日在人民大会堂外，其他年份这两日，都会在北京中山公园中山堂举办纪念仪式。

1925 年孙中山先生逝世后，曾在此处停灵，接受各界人士瞻仰吊唁。现在的中山堂大厅内，一座高约两米的汉白玉孙中山像端坐在前，上方匾额是先生手书“天下为公”四个蓝色大字，堂内四周是《孙中山与北京》展览，展出图片二百余幅，孙中山先生手迹、语录、图表等三十余幅，还有文稿、衣物、书籍、印章、生活用品复制品三十余件。

记不清来多少次了。过去是组织者，今天是参加者。

仍由全国政协领导主持：

“孙中山先生诞辰一百五十六周年纪念仪式现在开始。请全体肃立，静默三分钟。”

“静默毕，请坐下。”

“现在向孙中山先生像敬献花篮。”

——请“中国人民政治协商会议全国委员会敬献花篮。”

——请“中国国民党革命委员会中央委员会敬献花篮。”

——请“中共中央统战部敬献花篮。”

——请“北京市人民政府敬献花篮。”

四个花篮依次抬上，四位代表依次上前整理挽带，退后一步，三鞠躬。

“请全体起立，向孙中山先生像三鞠躬。”

“一鞠躬……二鞠躬……三鞠躬……”

“纪念仪式结束。”

如此简朴，如此郑重。风雨无阻，持之以恒。

先行者奉献中华，后来人永志不忘。

今天的中山公园格外美丽。蓝天白云之下，出中山堂南门即是社稷坛，坛上依次东青、南红、西白、北黑、中黄，平整铺展着祖国大地的五色沃土，疆土辽阔，江山永固，世世代代，念兹在兹。

再往南去，便是一条两边银杏夹迎的走道，这里已成为北京观赏银杏的网红打卡地。昨晚一夜风，今朝遍地金。满地铺盖的银杏叶、银杏果，金光灿灿，令人不忍踩踏，纷纷拍照留念。

“革命尚未成功，同志仍须努力”。余音不绝。

振兴中华，代有传人，前赴后继，春华秋实。

又想起那首《沁园春·雪》的著名诗句：“江山如此多娇，引无数英雄竞折腰”“俱往矣。数风流人物，还看今朝。”岂不正是。

2022 年 11 月 12 日

“五通”的互通

共建“一带一路”九年了，我国与一百四十九个国家、三十二个国际组织签署两百多份合作文件，互联互通在五大领域取得显著进展。

顶层设计瞄准“五通”，即政策沟通、设施联通、贸易畅通、资金融通、民心相通。以期以点带面，从线到片，逐步形成区域大合作格局。

“五通”，国之交也。

“国之交在于民相亲，民相亲在于心相通。”那么，心，如何相通？

这正是全国政协第六十七次双周协商座谈会热议的话题，许多真知灼见。

民心相通与其他四通是什么关系？最为关注。

政策沟通，利也；设施联通，利也；贸易畅通，利也；资金融通，亦利也。那么，民心相通呢，利之本欤？利之果欤？

“天下熙熙，皆为利来；天下攘攘，皆为利往。”物质第一性，生存第一需嘛。然，唯利是图，必行不远；唯，义利兼顾，方得始终。故当以义驭利，利为先锋在前，义为统帅在后。即不仅利己，亦必利他。唯共商共建共享，方能共赢，如此善哉。

这也正是中华文化的规定性、社会主义的规定性、中国式现代化的规定性——之所在。

十二年前，参加政协代表团去台湾访问交流时，两岸朋友们就深有共识：“经济合作手拉手，文化交流心连心。”

所以，以利相交，不使利尽；以情相交，但使情长；以心相交，成其久远。

深感：“各民族之所以团结融合，多元之所以聚为一体，源自各民族文化上的兼收并蓄、经济上相互依存、情感上相互亲近。”

构建中华民族共同体如此，构建人类命运共同体亦如此。

前者为人民谋幸福，为民族谋复兴，何其不易。

后者为人类谋进步，为世界谋大同，当然更难。

所以，要循序渐进；

所以，要久久为功。

2022 年 11 月 30 日

第三辑　再创与再造

再创与再造

“创”者，从无到有，道生一？

“造”者，二生三，三生万物？

今读科普一文：有科学家将“创”“造”二者合起来，用于对应技术的发明和工程化应用，进而将“再创”用于合成生物学变革，比喻由人操控的创世纪再临，在农耕文明、工业文明之后，为人类点燃即将步入的生物工程文明。

文章指出，“再”字，意“重予生命”或“恢复兴盛”，隐含“过去的不够好，革新值得期待”：

人类制造了内燃机以获得稳定的电力，却也顺便制造了酸雨和雾霾；人类制造了塑料以获得耐久的包装，却也顺便制造了无法降解的白色垃圾；人类制造了抗生素以对抗病菌，却也顺便制造了强大的多重耐药菌；人类制造了氟利昂以获得冷气，却也顺便制造了臭氧空洞消融了冰川；人类制造了畜牧产品以填饱肚子，却也顺便制造了温室气体破坏家园。

而“发展的问题必须由发展解决”，只能一而再、再而三革新制造。当传统化学工程不知如何解决或难以低成本解决时，就把目光投向“合成生物学”：在过去十年间，生物能源、生物塑料、基因编辑技术、人造食品，成为一个个最火热话题。

只是，“合成生物学”催生的制造业，也经历着市场的教训，并不断回炉再造。如今，从互联网巨头到资本市场，从高校研究院到创业团队，风起前的月晕，已高挂在晴空。

合成生物学产业“再造”的催化剂，搅动了人类文明的版图。“再造”当时，从“竞争”的语境意义，可以看出；从拜登“特别是在与中国的竞争中”话里，亦不难读懂。

面对世界百年未有之大变局，搅动人类文明版图的，又岂止“合成生物学”。

这个“再造”的时代，启示人们要踏入“再造”

的浪潮，期待人们要书写“再造”的故事。

“再造”，我们不能缺席。

2021 年 2 月 1 日

两种“资源观”

1998 年，我去地处长江北岸的安徽省枞阳县挂职扶贫，对那里的两种资源印象深刻。

一种是水泥资源。长江边的𡶴山镇，因山得名。经勘探，这座𡶴山通体都是石灰石，资源丰富，枞阳县小水泥厂就坐落山边。当年回京邀请国家建材总局专家现场问诊把脉后，最终后任接续帮助引入海螺集团，建成全球最大水泥单厂，直接传送水泥熟料至长江码头。目标就是“一口一口吃掉𡶴山”，全部转化成水泥产品。

另一种是文化资源。我国清代文坛上最大的散文流派“桐城派”，文统源远流长，文论博大精深，著述风靡全国，享誉海外，在古代文学史上占有显赫地位，是中华民族传统文化的一座丰碑。而“桐城派”形成的当年，桐城、枞阳同一区划，“桐城派三祖”方苞、刘大櫆、姚鼐都出生、成长并长期活动于“诗人之窟、文章之府、气节之乡”的枞阳，“桐城出名，枞阳出人”，安徽知识界人皆尽知。

这个重要发现，促成我写出《关于文化兴县的思考》，提出树立“文化名乡、优美水城、经济强县”形象，确立文化兴县战略、发展文化旅游产业等建议，并着手开发从《枞阳文化台历》到“黄镇图书馆”等大小文化项目。县里由是发现了另一座“富矿”，二十多年来挖掘不尽，文化产品越来越多……

两相对照，我又有一个惊奇发现——“两种资源观”：

“自然资源越挖越少，文化资源越挖越多！”

如果，这果真是个普遍规律，对文化产业的发展是不是还真有点儿启示呢？

想多了。

2020 年 5 月 13 日

樗栎之大用

两千三百多年前，《庄子》中就有几处“有用与无用”的辩论。一次是惠施说他有棵樗树，主干木瘤盘结，树枝凹凸扭曲，不合绳墨规矩，“大而无当”。一次是庄子见到棵千年栎树，其冠之大能蔽千牛，观者如市。但木匠却从旁经过而“不顾”——在他眼中，此木“为舟则沉，为棺则腐，为器则毁，为柱则蠹”，实为“散木”“不材之木”，“无所可用”。

庄子对惠施和木匠的态度却大不以为然，他认为“山木，自寇也”“树无用，不求有为而免遭斤斧”。散木生生不息，故能成其寿。人皆知有用之用，却不知无用之用。庄子还劝惠施：你若把那棵大樗树种在旷野之中，自己在树下逍遥闲踱寝卧多好啊。

散木引出散人。

几年前去深圳华为技术有限公司参观，任正非有一番相近的故事。他说，华为百分之四十六的员工在搞研发，真正的人才，都来自于“歪瓜裂枣”。这些人有特殊的个性和思想，他们不循常规，不同众人，但华为从战略上看好他们，为他们依照自己兴趣开展研究提供大力支持，而且不在意当下有无用处，因为“瓜是歪的甜，枣是裂的甜”。恰是他们自主自在的研究，结出累累硕果，为华为业内业外发展开辟许多新的可能，甚至成了今日华为的硬核底气。

“和则生物，同则不继。”中华文化之所以精彩纷呈、博大精深，就在于它兼收并蓄的包容性；人类社会之所以生存发展、基础雄厚，就在于地球生物的多样性。

“无用之用，其用甚大。无功之功，其功甚博。”作为中华文化的深厚底蕴，虽远隔千年，却依然在现实中得到传承、展示与印证，中华民族深邃智慧，也使百年大变局中的中国，能够“自然如龙得水，似虎靠山，壶中春色异人间”。

2020 年 5 月 25 日

消长大中小

聆听“行政复议法修改”双周协商座谈会，有几点深刻印象。

首先是“概念”：行政复议是政府系统自我纠错的监督制度和解决“民告官”行政争议的救济制度。

其次是“现状”：目前仍旧是“大信访、中诉讼、小复议”，距离成为“化解行政争议的主渠道”还路途较远。“主渠道”则要前三者关系颠倒过来才是。

再次是“问题”：“入口窄”，这复议那不复议；“程序繁”，要书面要审查；“不规范”，缺规则耗时间；“执行难”，少权威难保障；等等。总之，不够管用。尚未取得能“实质性化解行政争议”的广泛认可，目前的“大中小”格局便是明证，是老百姓自觉用脚做出的选择。

“行政复议”“行政诉讼”也好，“信访”也罢，在群众那里都是解决民官冲突的门路，哪个管用、好使、省钱就奔哪个去便是。

老百姓心里有杆秤，看事情直击实质，不用作文。

大道至简。

要想“大中小”此消彼长，要想“行政复议”成为主渠道，“监督”就得有效，“救济”就得便民，把该做的盯住做实了，群众真认它“管用、省钱”了，就肯定见效。相应地，“事情”该纳入纳入，“审理”该公开公开，“程序”该简明简明，“队伍”该加强加强。

做到以上这些，必需有一个坚定的理念支撑在心里：“以人民为中心。”

以上所言，还都是民官发生冲突的解决之道。如民官无冲突发生，岂非更善?

那正是广泛多层制度化建设社会主义协商民主，特别是建设基层协商民主的意义所在了，又得另篇单论了。

2020 年 6 月 6 日

徐州的“三变”

去年到徐州市调研基层协商民主，最近这个千万人口城市的实践引人注目。

徐州市委推进基层协商民主建设，由市委书记任领导小组第一组长、政协主席任组长，专门协商机构“不建机构建机制”向下延伸，搭建乡、村、企三个层面协商议事平台，统一制定协商规则，开启了亘古未有的大范围基层协商民主实践。仅9个月就开展协商议事2400余次，推动解决具体问题2700多个。“基层感觉”带来三个明显变化：

一是百姓感觉变了。

当地干部说：“乡镇（街道）每年协商两次，村（企事业单位）每两个月协商一次，开会有位、有权、有尊严。”

“群众过去有事是憋屈地上访，现在是体面地协商”“过去是干部说、干部干，干好干坏有意见；现在是大家说、大家干，干好干坏没意见”。

二是政协角色变了。

当地同志说：“过去是党政拉车，政协在后面推车；现在是党政拉车，政协在前面清障。”有些十分头疼的搬迁难题，政协“协商在前”达成共识解决了，党政喜出望外。

三是上访情况变了。

信访局的同志告诉我们，九个月里，在其他条件与往年相近的情况下，全市集访量比上年同期下降36.3%，很不寻常，开展基层协商民主之外不好找其他解释。

基层协商民主实践，群众拓宽了合理诉求表达、有序政治参与渠道，消解了不少党群干群矛盾，有效发挥了协商民主在社会治理中的作用。

一个城市九个月的实践已是如此，一个国家长期开展又将如何？中国协商民主广泛、多层、制度化发展将带来社会治理的巨变，一定会的。

2020 年 6 月 8 日

揭子的机识

《揭子兵法》是明末江西籍军事家、数学家、天文学家揭暄的力作。他有这么几句要言：

> 势之维系处为机，事之转变处为机，物之紧切处为机，时之凑合处为机。

一位将军委员从军事上解读："局部的连接点是战机，战事的转折点是战机，战事的紧要关头是战机，作战时间准确无误是战机。"

不限军事，更广义看，在中华民族伟大复兴的战略全局中，在世界百年未有之大变局中，涉及经济、政治、文化、社会、生态文明建设，涉及党的建设等各个方面，这种“势之维系处”“事之转变处”“物之紧切处”“时之凑合处”之机，岂非时时处处、比比皆是？

揭子还说，“有目前即是机，转瞬即非机者；有乘之即为机，失之即无机者”；“谋之宜深，藏之宜密”；“定于识，利于决”。这些宝贵的智识，现在能多深多广地有效运用于工作生活之中？

如果能够抓住机遇，乘势而上，进而能够“危机中育新机”“变局中开新局”，我们方方面面的事业定能事半功倍，面貌一新。

今年是中华人民共和国成立七十二周年，中国共产党成立一百周年，系统盘点一下，我们抓住了哪些机遇，经验是什么？我们失去了哪些机遇，教训又是什么？

于是想到，“机遇意识”“机遇思维”“机遇能力”应否成为各级领导干部的一个基本功？能否成为各级领导干部教育培训的一门功课？

2021 年 2 月 8 日

南岳的辨识

南岳衡山，登临五岳的最后一岳。

何须辨识?

山就在那儿。湖南省中偏东南，以一块大花岗岩为基础，沧桑巨变，从海成陆，南北七十二山峰绵亘八百里于两盆地之间。

确需辨识。

大山无语，人有说法：

一山胜境，三教并存。

文明奥区，文化昌盛。

四岳行坐立卧，唯有南岳独飞。

据战国时期《甘石星经》记载，因其位于星座二十八宿的轸星之翼，犹如衡器，可称天地，故名衡山。

民间崇拜黄帝委任的火神祝融，他教民用火，化育万物，被尊称“南岳圣帝”。

道教自东汉张道陵到来，神祠道庙始盛，甚至“术动帝王，道干卿相”。唐初五岳各建真君祠，南岳神被封为“司天王”，遣官奉祖。“洞天福地”四处在此。

佛教虽约晚道教二百年传到南岳，却宗派林立，其中南禅就“一花五叶”“五叶七宗”，弟子遍布天下。两颗佛舍利藏于南台寺金刚舍利塔中。

“天下书院楚为盛，楚之书院衡为盛。”唐肃宗时期，邺候李泌赐隐于烟霞峰下读书，后人建邺候书院。南岳书院历史最久，数量最多，讲读不断，湖湘学派经世致用，影响深远，清末谭嗣同诗赞：“万物昭苏天地曙，要凭南岳一声雷。”

“七七”事变后，国共两党共同创办抗日“南岳游击干部训练班”，周恩来亲为南岳僧人题词：“上马杀贼，下马学佛。”衡山寺观教堂被整体授予“第一批宗教界爱国主义教育基地”。

南岳大庙，是历代帝王祭祀山川社稷的主庙，一千三百年来朝拜不断。大庙中轴线为儒家风格的帝王宫殿式建筑，九进四重院落，四周围以红墙，院内棂星门、奎星阁、正川门、御碑亭、嘉应门、御书楼、正殿、寝宫、北后门由南向北序列。大庙东侧八个道观，西侧八个佛寺。圣帝正殿，由东西两侧的道士、僧人轮流值守。这座清光绪年间重修的“南国故宫”，展示出明确的“政主教从”格局。

然而，迈入棂星门沿中轴线步步走进，听着导游小姐的热情讲解，却又对眼前大庙的文化安排心生困惑：御书楼内书卷无存，变成喧闹的商贩摊点，正中放置千僧大铁锅开口期待吞钱；正殿前两大香炉，东侧香客熙攘，火焰熊熊，浓烟滚滚，西侧空无一人。何故？答曰：东侧为自己烧香，西侧为父母烧香。无语。山上，书院遗迹仅剩一处，而祝融峰顶却又新添财神……

如果说山是天的安排，庙却是人的安排。何以为山？何以为庙？何以为南岳？需要阐释。

应该如何满足拜游南岳人众的精神需求？文明奥区今奥何处？大庙儒释道教化什么，怎么教化？两侧佛道商业化在治理，中轴线上体现的中华道统是否也该梳理梳理？

南岳又称寿山，何者寿？应该还是仁者吧。

2021 年 3 月 19 日

恒强的保障

2021“直通 WTT 大满贯—世乒赛”男单四强产生，“小胖”樊振东艰难战胜十六岁的“小小胖”林诗栋。

樊振东在接受采访时说：“中国乒乓球队的好传统就是‘抢班夺权’，年轻运动员有自己的目标，在场上落后很多也不放弃。”

中国乒乓球队为什么能长盛不衰、保持恒强？

他一句道破奥秘：竞争使然。

正是这个公正、公开、科学、规范的竞争体制，孕育、发展、完善了保障优胜劣汰、“抢班夺权”的规则和文化。

第一是公正。目标就是选拔出能代表国家出战的最强乒乓战队，以这个公正的目标取得大家共识。

第二是公开。借助现代网络信息技术，以近乎“全民目击”的方式尽展参赛选手技术、心理、风格、成绩等综合实力，以公开的竞赛保证选拔的公正，取得对结果的普遍认可。

第三是科学。按照乒乓球运动自身规律设置比赛流程，激发最大潜能，逼出最大本领，曝出最大短板，迫使人人“除了进步，无路可走”。

第四是规范。规则明确具体稳定，“山就在那儿”，有能耐不必多言，攀上去就是，把所有人的预期稳定下来。

如此，便能让愿干事者，能干事、干成事、还不出事。如此，保证了“恒强”，而且“恒昌”“恒祥”。

那就如此，这般。

2021年5月7日

更强且更美

8 月 8 日，疫情之下的东京奥运会闭幕，原本期待“平安就好”的中国代表团以 38 金 32 银 18 铜收官，参赛成绩和精神文明双丰收。回顾惊心动魄的比赛、暖心动人的场面，最深切的感受就是：中国，更强而且更美了。

有底气的强，场内场外无处不在。

强在底硬。

从 1932 年刘长春一人参赛，到 1984 年许海峰首枚金牌，再到 2021 年比赛最后一日才被勉强反超的金牌总数，以及创境外参赛夺金项目最多、夺金人数最多、前八名次最多，百分之五十比赛设备产自中国企业，严格防疫做到全团“零感染”，干净参赛实现兴奋剂“零出现”……团队保障，祖国支撑。

强在气足。

管晨辰飞跃平衡木上，小女孩贴在膝盖胶布上稚嫩的“中国加油”笔迹；颜鹏跳起投篮时白袜上有力的“河南加油”的字样；还有举重赛场石智勇力大无敌的狮吼；百米跑道苏炳添铆劲儿突奔的呐喊……奋力拼杀的老将，奋勇争先的新秀。

强在信坚。

女排前三战皆负，不躁。后两战俱胜，不骄。刘诗颖标枪“一掷摘金”：表示“我可以，以后小的他们都可以”；全红蝉高台跳水三个满分：只言“想好每个动作，把自己超了就行了”……选手坦然面对，国人理性观赛，祝贺成功，宽容失败。

广在的美，恬得赏心，酷得悦目。

美在风采。

首闯800米决赛的王春雨，头扎大红蝴蝶搭配红装满场飞奔；女子4×100米接力的四个姑娘，扮作无畏的“小哪吒”一棒一棒勇冲跑道；还有奶声奶气的“奇袭组合”、惊艳世界的全红一蝉……各展其美，不拘一格。

美在神韵。

举枪射落首金后的杨倩，领奖台上静静表达的是大学生熟悉的甜美爱心；满眼喜气的张雨霏，夺冠后先去拥抱的是泳池边患过白血病的日本选手……自信友善，落落大方。

美在情真。

面对采访，十四岁的小冠军率真坦言："八岁开始练跳水，以为不用上学，才答应去的"，"天天跳，天天跳，有时候十个十个来，把我累得"，"妈妈生病了嘛，我不认得那字是什么病。我想赚很多钱，然后治好她……"纯真人性，感人肺腑。

山与山不相遇，人和人会相逢。奥林匹克大家庭，是人类命运共同体的最早形态；"团结友谊、和平进步、公平竞赛"精神，是全人类共同价值的真实体现；"更快、更高、更强"格言又加上"更团结"，彰显出鲜明的时代需要。

奥运的意义，不仅在奖牌，更在精神和健康。一场场奥运竞技的比赛，已成为一段段民族复兴进程的见证。

大国的风范，不仅是强的，更还是美的：自信真诚亲和的气质，可信可爱可敬的形象。

我们相信，在不远的将来，在"简约、安全、精彩”的北京冬奥会上，这一切的一切，一定会得到更进一步的展现。

2021年8月12日

晚舟的归航

历经整整 1028 天，在中国政府的有力推动下，孟晚舟最终以不认罪的方式得以获释。

在离开温哥华机场致辞的最后，晚舟改用中文说道："我想感谢我的祖国，还有祖国的人民，对我的支持和帮助。这是我走到今天的最大的支柱。"

我们记忆犹新，中国外交部发言人当时严正声明:

一、孟晚舟是无辜的。

二、事件是由美国一手策划、加拿大帮凶实施，其目的就是打压中国高技术企业发展。

三、敦促美方立即撤销逮捕令和引渡请求，加方立即释放孟晚舟。

我们不会忘记，世界唯一的超级大国给一位中国弱女子带上二十四小时全天候脚镣，却在长达两年多的时间里无法证明她有罪，以至于恫吓失败又加诱惑：

——“只要认罪低头就能回家。”

——“我不认罪，因为我没做错任何事。”

谢谢晚舟，你展现的勇敢、坚韧、理性，正是当今中国的表达。

有怎样的祖国，就有怎样的儿女；有怎样的儿女，就有怎样的祖国。

扣人者或许对自己欺压胁迫的行为已经习以为常，但这次我却能深切地感受到：

那一刻，有多少中国人，会回想起那首先烈的《囚歌》：“我渴望自由，但我深深知道，人的身躯怎能从狗洞里爬出……”

那一刻，有多少中国人，会联想到已经推翻在地的“三座大山”、已经砸碎丢弃的手铐脚镣……

“一时胜负在于力，千秋胜负在于理。”

你们下绊子、使黑招，用各种形式打压、围堵和遏制，我们却在正义一方。如果你们只知依“实力”行事，那么我们就准备好做基于实力的持久博弈。

诚如晚舟所言：“有些风浪，难免艰险，唯有直面才能扬帆远航；有些抵达，难免迂回，历尽波折终会停泊靠岸。”

是的，世界在变。

相信，面对世界百年未有之大变局，“实现中华民族伟大复兴进入了不可逆转的历史进程”。

晚舟归航，就是一个标志性事件，历史会记住它。

晚舟，归航不晚。

欢迎回家。

2021 年 9 月 27 日

“日新”“事新”说

新的一年又到了。

忽然感叹，对于“新”，我们的中华文化，原来有着那么透彻的理解。

“周虽旧邦，其命维新”：无异当代箴言。“苟日新，日日新，又日新”：这种对“新”不留死角的彻底认识和追求，给我们的民族注入了多么强大的生生不息的“新”基因。

“新”体现在哪里？当然体现在那些新生事物上。难怪我们会感到那么熟悉和亲切：“新中国”“新社会”“新世界”，“新发展阶段”“新发展理念”“新发展格局”“创新协调绿色开放共享”……如此孜孜以求，岂非“苟事新，事事新，又事新？”

如果用一个字描摹当今时代的特征，非“新”何属？舍“新”其谁？

“新”，可在“日日”；“新”，可在“事事”。然而“新”，最终都是人创造出来的。

跨入新时代，

踏上新征程，

完成新使命，

要紧，在新人。

2021 年 12 月 31 日

陶行知“三子”

1917年秋，在南京高等师范学校任教的陶知行，开始提倡教学合一，强调行动作用。同事便开他玩笑：既然认为“行是知之始”，为何取名“知行”？闻此言，他当即宣布：从此“陶知行”，改名“陶行知”，并当场写下“行动是老子，知识是儿子，创造是孙子”十二字。

读到此“三子说”，顿觉饶有兴味。

首先，它明确呼应了本就拳拳服膺的“实践第一”的观点。《实践论》相关的深刻论断，从过去到现在，正无数次被证明着：

——“辩证唯物论的认识论把实践提到第一的地位”；

——“坐着谈，何如起来行”；

——“世界上的事情都是干出来的，不干，半点马克思主义也没有”；

——“学党史，悟思想，办实事，开新局”。

其次，“三子说”对“行动”“知识”“创造”三者关系形象生动的比喻，别有新意。

我以为，“三子说”中，行动“老子”，明确了行动是认识的起点；知识“儿子”，契合了“实践、认识、再实践、再认识，这种形式，循环往复以至无穷”的逻辑；而创造“孙子”，恰如“实践和认识之每一循环的内容，都比较地进入到了高一级的程度”，而这不就是别人不曾想出、做出的“新质”吗?

是啊，“实践出真知”“草鞋没样，边打边像”，“纸上得来终觉浅，绝知此事要躬行”“实践是检验真理的唯一标准”……虽表述有异，其洞见，何其相似乃尔!

特别是“老子”：“行动”“实践”。

“边打才边像”，得先打起来。

实践第一嘛!

2022 年 1 月 24 日

虎年的“联想”

虎年新春佳节前夕，全国政协领导又为政协机关送上春联贺岁：

上联：三牛精神鞭策牛年真牛；

下联：二虎威风期许虎岁更虎。

并且，敞开互动，向大家征集横批。

刚刚过去的牛年，具有里程碑意义。党和国家大事多，喜事多，难事也多。党，百年华诞；国，全面小康；实现第一个百年目标，开启第二个百年征程。面对“两个大局”，党的第三个历史决议，前进方向更加坚定，信心更加饱满。这一年，全国政协倡导和发扬习近平总书记提出的“三牛精神”，努力当好“为民服务孺子牛”“创新发展拓荒牛”“艰苦奋斗老黄牛”，建言资政和凝聚共识“双向发力”，硕果累累，成效显著提升；政协委员和机关干部“两支队伍”相互促进，面貌焕然一新。

进入虎年，党将召开二十大，十三届全国政协也将在以往工作的基础上，百尺竿头更进一步，做最后的冲刺。人民政协胸怀“国之大者”，把迎接二十大、学习宣传贯彻二十大精神，作为全年重要政治任务，将更好释放专门协商机构效能，为保持平稳健康的经济环境、国泰民安的社会环境、风清气正的政治环境做出自己应有的贡献。

既是互动，就也冒昧写出四字，权作续貂对联的横批吧：

“力行有我。”

2022 年 2 月 8 日

答案的逻辑

如何跳出治乱兴衰的“历史周期率”？

历史之问，时代之问。

1945年，建党24年，毛泽东在延安给出答案——“人民监督”。

2021年，建党100周年，习近平总书记给出第二个答案——“自我革命”。

两个答案，外靠内靠，逻辑相同，辩证统一于党的根本问题：党是什么？干什么？

《中国共产党章程》开宗明义：“中国共产党是中国工人阶级的先锋队，同时是中国人民和中华民族的先锋队，是中国特色社会主义事业的领导核心，代表中国先进生产力的发展要求，代表中国先进文化的前进方向，代表中国最广大人民的根本利益。党的最高理想和最终目标是实现共产主义。”

人常言：“患得患失。”

《老子》曰：“吾所以有大患者，为吾有身，及吾无身，吾有何患？”

醍醐灌顶。

这样一个马克思主义政党，它追求的是人民当家做主，人民管理国家，防止国家和国家机关由社会公仆变成社会主人。它没有自己的特殊利益，不代表任何利益集团、任何权势群体、任何特殊阶层的利益，始终代表最广大人民的根本利益！

这样一个政党，它才要“坚持真理、坚守理想，践行初心、担当使命，不怕牺牲、英勇斗争，对党忠诚、不负人民”。

这样的党，才能“我将无我，不负人民”；才能“不惜得罪千百人，决不辜负十四亿”；才能愿意被人监督，敢于自我革命；才能“罪己而勃兴”而非“罪人而忽亡”；才能“自我净化、自我完善、自我革新、自我提高”；才能“打虎”“拍蝇”“猎狐”多管齐下；才能“不敢腐、不能腐、不想腐一体推进”；才能“不变质、不变色、不变味”；才能从弱小变得强大，从胜利走向胜利；才能为人民谋幸福，为民族谋复兴，为人类谋进步，为世界谋大同。

“故贵以身为天下，若可寄天下。爱以身为天下，若可托天下。”

这就是两个答案的逻辑，这就是中国特色社会主义为什么“好”、中国共产党为什么“能”、马克思主义为什么“行”的逻辑。

既是理论逻辑，也是历史逻辑，更是实践逻辑。

2022 年 3 月 8 日

海墨的法则

手机上，新闻不停滚动更新：“MU5735 客机坠毁；载客 132 人；两位国务院领导赶赴梧州；南部战区组织兵力；开通应急救援电话；发现飞机残骸；黑匣子正在搜索……”

救援医护人员：“一夜过去，雨没来，伤者也没来”。

无数的心痛。

无尽的祈祷。

回过神来，又想到那两条著名航空安全法则。

一是“海恩法则”。这位德国飞机涡轮机发明者指出：“每一起严重事故的背后，必然有 29 次轻微事故、300 起未遂事故以及 1000 起事故隐患……”

二是“墨菲定理”。那位美国上尉认为：“只要存在发生事故的原因，事故就一定会发生”，而且“不管其可能性多么小，但总会发生，并造成最大可能的损失”。

当然，我们的文化中也不乏类似睿智的洞见：“风起于青萍之末，止于草莽之间”“千里之堤，溃于蚁穴”……

思考的是：无论西方科学的判断，还是中国诗意的启示，我们真的听懂了吗？真的认可吗？难说。

如果从“知是行之始，行是知之成”看，更是堪忧。

海墨两个法则的重要揭示是：安全生产是可以做到的；安全事故是可以避免的；事故的发生是量的积累的结果；对任何事故隐患都不能有丝毫大意，都不能抱有侥幸心理；再好的技术，再完美的规章，在实际操作层面也无法取代人自身的素质和责任心。

回过头来，看看疫情防控中南京的机场、吉林的学校、满洲里的国门……安全法则的意义岂止关乎航空事故？进而看官员的腐败、企业的倒闭、王朝的倾覆，如果也视作“事故”的话，又哪个不是“苗头”“征兆”历历在目、有迹可循？

读科学判断比诗意启示更觉受用在于，它不仅带来心智上的快感，还带来行动上的方法。

按照海墨法则关于事故苗头、事故征兆、事故本身的第次分析，反过来看，当一次重大事故发生后，在处理好事故本身的同时，一定还要以“深挖而不遮掩，直面而不侥幸，清除而不搁置”的态度，找到苗头，消除征兆，通过防范遏制事故，通过预防保证安全。

建立健全升级版的安检规范，这才是海墨法则的大用。

2022 年 3 月 23 日

错落的桑葚

最美人间四月天。

机关院内墙边紫色的玉兰开得正美，路过的同事都不禁驻足，端起手机。紧挨着玉兰且高出一大截的那棵大桑树，依然冷冷地站在那里，向天空支棱着骨感森森的黑枝杈。但过不了多久，当玉兰花瓣落去，桑树绿叶伸展开来后，接着桑葚累累、引人注目的日子就到了。

大桑树一半枝杈伸出墙外，硕大饱满的桑葚软嫩甜美。落果时日，总是院内院外落下一片。在院外人行道上，行人踩过，紫迹斑斑。

这些桑葚，收集食用是美味的果品；随地坠落就成污染的脏物。每当这时，那个老问题又会浮现：“今年会咋样？”

多年前，一位研究垃圾处理的专家告诉我：垃圾，只是放错地方的资源。环顾四周，总能看到资源错置者多多。随眼一望郊野公园里那几十人的队伍，迈着整齐的步伐，踏着肩扛音响迅疾的节奏，一圈又一圈地绕行着消耗着多余的能量，就胡思乱想：这千千万万的健身者，要都去踩踏人力发电机，那得发出多少电力？

《礼记·礼运》讲“货恶其弃于地也，不必藏于己；力恶其不出于身也，不必为己”。做到“物尽其用”“人尽其能”，是人类社会资源配置的最佳状态。做得怎样，是一个社会管理水平、文明程度的重要标志。

大的遵循是“使市场在资源配置中起决定性作用和更好地发挥政府的作用”，关键是怎么落实体现在千千万万件具体事情上。

国虽大，好战必亡。

仓虽满，滴漏亦光。

全社会要做的是，怎么以结果为导向，各尽其职，各得其所，使全社会宝贵的资源，尽少“跑冒滴漏”，做到“颗粒归仓”，是以“天地位焉，万物育焉”。

真追求就该有行动。

有首歌唱道：“只要人人都献出一点爱，世界就变成美好的人间。”若仅改一二字：“只要人人都献出一点力，世界将变成更好的人间。”

2022 年 4 月 19 日

眼看更心见

政协常委会议厅两门之间，整个蓝边白地十几步长的外墙上，是一幅气势宏伟的大型书法作品，而每逢常委们扶梯而上，熙攘经过时，一般却很少关注。

右下角铜牌黑字写着内容全文。落款处：“毛泽东《贺新郎·读史》（一九六四年春）公元二〇一二年六月二十日有兴拾笔狂抹。七十六叟韩美林。”

盘算一下，这可是十年前一位七十六岁老人，在书写五十八年前另一位七十一岁老人的诗词。他们又恰都出生在 12 月 26 日，不知妙在选择还是巧合。

碰巧，十年前韩美林常委来机关创作此幅作品时，我刚好在场。当时没在意他写了什么，却被他挥汗如雨蹲地挥笔的有力动作、操电吹风烘干字迹的专注神态吸引住了。

而今，仔细端详，这幅颜楷神韵深藏的书法巨作，可谓笔笔精彩、字字见功、出神入化，“不似之似美之美，人来能得几回读”。

平素里熟视却无睹，可惜了。

伫立静读，这短短一百一十五个字，纵贯古今历史，高度概括、深刻评点人类社会发展进程，“智者的卓识、仁者的义愤、勇者的信念”尽在其中。诗词风格豪放，气象恢宏，庄而不板，谐而不谑，实属罕见。

——人类刚诞生时惊心动魄的那一刻，“人猿相揖别”一句幽默带过；

——最早人类蒙昧发展的漫长石器时代，也“只几个石头磨过，小儿时节”；

——人类从石器时代进入铜器时代和铁器时代的奴隶社会与封建社会，仅“铜铁炉中翻火焰，为问何时猜得？不过几千寒热”三句搞定；

——“五帝三皇神圣事，骗了无涯过客”“人世难逢开口笑，上疆场彼此弯弓月。流遍了，郊原血”：阶级斗争，一些阶级胜利了，一些阶级被消灭了，这就是历史，这就是几千年的文明史。《丢掉幻想，准备斗争》的作者旷达深澈的唯物史观跃然纸上……

真可谓“一篇读罢头飞雪”。因熟视无睹，错过了多少美丽的风景？太可惜了。

生活，稍稍驻足，或许就会有所不同。

“歌未竟，东方白。”

眼看，也许更要心见。

2022 年 6 月 10 日

夺人的方言

近日去西安调研，与省政协同志朝夕相处，陕西方言天天特供，过足了学说陕西话的瘾。

“咥！”无论餐桌上劝食劝饮，还是谈及某人高就，他们总频频发出一个“叠”字音。“什么意思？”“咥！陕西话的万能动词，相当英语 make 和 do 的意思。”好嘛，双语解释都上，明白了明白了。

再听听人家陕西方言讲的哲学课：“世界是个东西，东西是动弹滴，动弹是有下数滴，不按下数办事是要着祸滴……”三“滴”充耳，不仅懂了，而且服了。

充耳？不——够。

还得过目。“请吃面，请吃油泼辣子‘biǎngbiǎng’

面，美滴很！”朋友端给你诱人的面碗后，还随手写出那个满大街铺面常见、却电脑字库查无的“biǎng”字。

“不难写嘛！记下笔画口诀就行咧：‘穴’顶天，‘心’底躺，‘幺言幺’‘長馬長’，左‘月’垂右‘刀’藏，一‘车’拉上逛咸阳。”真好记性！

“记性好？没啥。要紧的是要做人好、不能‘张’！人‘张’没好事，狗‘张’挨砖头！”

“再者，厄给你背一段陕西方言唐诗：清明时节雨欻欻……”

“谢谢，谢谢啦！”

“实在装不下啦！”

陕西方言语句的丰富、音调的多变、达意的传神，似撩起的阵阵轻尘，不经意间显露出文化黄土的厚重。

有点明白了，为啥文学陕军那么厉害。

无论创作多么艰难，这片高天厚土终归一定是要出东西的，无论是忠的实的、近的遥的、平的凹的、还是陈的酽的。

2022 年 7 月 18 日

澄怀以观道

刚搬入第一批新改建达标的办公室，机关书画室便送来二三张国画供选补壁，其中一幅远山烟雾朦胧，近湖舟泊鹰立，草丛泛青涌动，春花各处点染，画面生机勃发、淳朴自然。喜欢画家“晓雾忽无还忽有，春山如近又如遥”的画意，便敬请上墙，彼此相望了五年。

另一块较窄的空墙，一时未寻得合适的作品，直至扶贫县老友寄来他的书法习作。

二十多年前，去长江北岸该县挂职。某次，去诗词学会调研，得知这里是桐城派的故里，享有“诗人之窟、文章之府、气节之乡”的美誉，迄今民间诗词创作不辍，许多老人“不喝酒不搓麻，满室银须唱晚霞”，我很受触动，还发现了“文化资源越挖越多”的规律。没想到，调研后写的《关于文化兴县的思考》在市政府机关刊物登出后，又触动了当地更多的人，特别是我这位老友。

当时，他在县委搞政策研究，朴实厚道、不善言辞，但大家对其文采、见地颇多好评。担任县文联主席后，他二十年如一日，满腔炽情执着于“文化兴县”事业，孜孜不倦赓续文脉、传递薪火，不仅把当时创办的文化期刊越办越好，还不断挖掘出许多文史佳作、文旅项目和文创产品，为美丽乡村建设提供了独具特色的文化支持。

只是，不知道他还擅长书法。

寄来的作品，写在他自制的宣纸仿古笺上，是一首辛弃疾的《西江月·夜行黄沙道中》：

明月别枝惊鹊，清风半夜鸣蝉。稻花香里说丰年，听取蛙声一片。

七八个星天外，两三点雨山前。旧时茅店社林边，路转溪桥忽见。

从来没有像这回这般，细细品读过这篇跨越千年的词作。词人开头两句的精到描摹就令人惊羡，“明月别枝惊鹊，清风半夜鸣蝉”，那是怎样的奇妙意象！

是明亮的月光掠过爪下的树枝，就惊飞了枝头敏感的喜鹊，还是词人忽然踏夜至此，看到天空明月，却惊飞了枝头的喜鹊？是半夜清风吹来，风声如同蝉鸣一般，还是徐徐清风送来蝉鸣之声？

还有，是“稻花香里”“蛙声一片”在说“丰年”，还是人们身处“稻花香里”“听取蛙声一片”，不由说起“丰年”？

诗无达诂，无论何解，词境都是极美的。

字如其人。

老友的书法作品用心、文气，质朴、率真，他在宣纸笺上专门加盖了“炊烟的村庄”“文章之府”“枞阳之歌”等闲章，还索性把词名，由“夜行黄沙道中”，改为“蛙声一片”。想必，他认定了这些都是我熟悉而且喜欢的吧！

打心里喜爱这幅书法作品，很快送去装裱好后，端挂在墙上。

人们布置书画于室内，所意何为？观画移情，读词会意，见字面人，自觉如此这般结识新朋、神交老友、共返天真，实是美事。

道法自然，文以载道，澄怀观道。

有画处是画，无画处皆画，万事造画终得心。推开窗户，眼前，便是此岸缤纷的大千世界。亦当，澄怀以观之吧。

2022 年 10 月 20 日

“怀胎”与“分娩”

调查研究，对于各行各业各项工作的重要性，毋庸置疑，相关高见阔论亦多多。

读过经过一些后，深感毛泽东“调查就像‘十月怀胎’，解决问题就像‘一朝分娩’”，言简意深，发人深省。

调查为了啥?

目的很明确：“调查就是解决问题。”

大道至简。

就像“房子是用来住的”，“调查”若是为了旁的其他什么，甚或是“为调查而调查”，就违背了初心，它或可被称作别的什么，但不能冠以“调查”。

为啥要调查?

也很明确：“凡是没有办法的时候，就去调查研究。”

想要解决问题，又没有办法，于是就要通过调查，实实地弄清那个“事”，确确地求得那个“是”，准准地找到那个办法。

如何去调查？

“十月怀胎”可谓一语道尽。

方法服从目的：“汝果欲学诗，功夫在诗外。”汝果欲“分娩”，功夫在“怀胎”。妊娠不足月而终止者，称为流产、早产，流产儿难以成活，早产儿发育不良。调查研究，同样必须下足功夫，“粗枝大叶、不求甚解，甚至全然不了解下情”，必然无助于制定正确的政策，不仅不能解决问题，还可能造成更大的问题。

“系统的周密的社会调查，是决定政策的基础”；“一切结论产生于调查情况的末尾，而不是在它的先头”；“没有调查，没有发言权”；“不做正确的调查同样没有发言权”；“不调查不研究就不得了，就要亡国亡党亡头”。

读着这些血与火中熬得的深刻认识，愈发感到：那种“心中无数决心大，情况不明办法多”，那种“拍脑袋决策，拍胸脯保证，拍屁股走人”，与马克思主义世界观和方法论，是多么不共戴天；愈发感到：毛泽东把“实事求是”由岳麓书院的牌匾，落地为中央党校的校训，进而确立为中国共产党的思想路线，这在做到“两个结合”、实现“创造性转化和创新性发展”上，为我们树立了多么光辉的典范。

“知是行之始，行是知之成”。

反求诸己，吾当力行。

2022 年 12 月 26 日

后　记

两年前，去武汉调研城市民族工作时，结识一位热心辅导新疆籍打工乡亲学习普通话的当地维吾尔族青年女干部，后来她在微信中谈了工作中些许烦恼。我便结合过往经验写了段文字与她交流，添加标题《升值与升职》后，顺便发给了人民政协报相关负责人。不料，“大家谈”栏目很快登出，并告知如此短文，正当其需，鼓励多写多供。于是，随后两年里就又为该栏目陆续写下此五字标题百字短文约六十篇。

其间，竟有领导和朋友读后给予不少关注，并建议集册出版，鼓舞在身，温暖在心。

后来，朱永新、白庚胜两位政协大家庭的兄长，写来序言给予指导，十分感激。

再后来，全国政协领导阅读样稿后，给予“铢积寸累，集腋成裘，笔耕不辍，精神可嘉。”的勉励，深受感动。

忽然，意识不着边际地流向一段科普知识：地球诞生于四十六亿年前，在前四十亿年中，生命基本没有留下任何痕迹。而到大约五亿四千万年前的寒武纪时期，仿佛眨眼之间，绝大多数的现代动物门类，“刹那”涌现，“集体”亮相，科学家将这次生物共荣景象，称为“寒武纪大爆发”。

对这个谜一般事件的解释，后来假说多多。其中之一认为，在早期地球大气中，含有很少或根本没有自由氧。氧是前寒武纪藻类植物光合作用的产物，并逐步积累形成。结论是：寒武纪大爆发是由于地球大气氧水平这个物理因素造成的。

假说有启示，和实能生物。

任何事物的生长繁荣，都需要一定的内部外部条件。如何创造并保持这样的条件，是关键，太重要。

感谢同事桂五九费心收集整理全部稿件，王晓宁、卢祥秋精心审阅并提出宝贵意见。

以斯为记。

2022 年 11 月 14 日